洪鈞著作集

卷四

卷四目録

元史地理志西北地附録釋地

張爾田識語 …… 三
提要 …… 五
元史地理志西北地附録釋地
篤來帖木兒 …… 八
搭兒安今廢 …… 二四
塔爾等河 …… 三六
月祖伯 …… 五一
不賽因 …… 七五

元史譯文證補稿本

張爾田記 …… 一〇一
西域書目 …… 一〇三
太祖本紀譯證 …… 一一三
附太祖訓言補輯 …… 二八七
附太祖諸弟世系 …… 二九八
附太祖后妃皇子公主表補輯 …… 三一四
附太祖年壽考異 …… 三二三

元經世大典地圖跋

元經世大典地圖跋（同聲第三卷第二號） …… 三二九

元史地理志西北地附録釋地

元史地理志西北地附録釋地（同聲第三卷第六號） …… 三三九

中俄交界全圖圖例

洪鈞題識 …… 三八九
圖例 …… 三九〇

元史地理志西北地附録釋地

此洪文卿侍郎手稿，非乙盦先生所自著也。然據姚士達《聖武親征錄跋》云：元史最雜攷者地理志內西北地附錄一卷，嘉興沈子培與吳縣洪文卿爬梳剔抉，以滿蒙西域三合音參合方言互證參攷，推得十之四五，并求諸俄人士耳其譯蒙古天方之書葉跋推輪扎記淩祺建。洪氏屬稿時，固嘗與先生互相參訂者也。今稿中但云鈞奉使云云（洪氏名鈞），而不籍先生說，不知何故，今亦無從辨別矣。此稿宜藏於家，以資掌攷。張爾田識

元史地里志西北地附錄釋地

案元史書法有二凡國名部族名地名皆高一格書如途魯吉為突厥轉音柯耳魯即唐書之葛邏祿畏兀兒即回紇皆國名部族名而即以名其地若撒耳柯思阿蘭阿思欽察不里阿耳皆部族名亦為國名若阿羅思則國名也撒吉剌亦城名亦地名也花剌子模亦地名亦國名也八哈喇音怯失忽里模子皆海島名統謂之地名八吉打即劉郁西使記之報達本城名而假為國名孫丹尼牙應作蘇爾灘尼牙義兼王都王畿不可僅以城名目之故亦高一格書其

低一格書者大率城名間有以城名爲國名如阿里
麻里毛夕里羅耳之類然先爲准蕞爾小邦後已夷爲
郡邑則亦可以城名統之吉利吉思部族名撼合納
謙州益蘭州皆地名不列入藩王封域當猶受吏於朝
元史文宗本紀至順元年三月遣諸王桑哥班撒
忒迷失買哥分使西北諸王燕只吉台不賽因月即別等
所令考察合台後王世系燕只吉台之次即篤來帖
木兒而本紀至順二年八月即云西域諸王答兒麻襲朵
列帖木兒之位遣諸王孛兒只吉台等來貢則篤來
帖木兒在位不過歲餘元年三月使往之時正篤來迭帖木兒
繼及之時元史之西北地經世大典之地圖必係此

次行人馳驅皆度登進朝端元代三藩史録得存梗概賴有此耳經世大典地圖與此附録相輔而行魏默深元代西北疆域考謂金山南北不奉正朔者垂五十年故大典地圖不著海都所封豈知作此圖時海都早没其子察八兒兵敗歸命於朝金山南北悉屬察合台後王而吉利吉思等地已無叛藩竊據耶張石洲以大典圖貽默深刻入海國圖志今經世大典殘本已盡佚而魏氏圖志惟道光年間初刻本五十卷載有此圖同治年間續刻本一百卷又遺之矣俄人裴智乃耳德挾醫伎游京師得圖志初本詳考圖中方域鈎摹使至俄譯得其所著書參以見聞增訂删汰成西北地釋地一卷本於裴智乃耳德者十居四五輿地之學津筏之功誠未敢没人之美攘為已有也道光年間俄人帕拉諦居北京三十年衣華服誦華書著作甚多没後書稿散於他人裴智乃耳德得此書識其編

篤來帖木兒 世系詳見察合台諸王補傳

途魯吉

元史書法係部族名非城名大典圖在可失哈耳北阿
力麻里西南蓋即西人所稱突而吉斯單也突而吉爲
突厥轉音斯單猶言地方（聞諸吉言其使臣其言突厥作突而居）北人讀突類途史作途魯吉但取叶音未能
（突而居轉音亦即）
考義稽之唐書爲西突厥十姓可汗故地今西洲之土
耳其國先爲突厥遺族類故鄰邦稱爲土耳其是可爲途
魯吉即突厥之證（土耳其當讀土耳吉）又謹案西域圖志回部語言凡三種自今
哈密以西至喀什噶爾葉爾羌和闐謂之圖爾奇語亦即圖爾奇突厥途魯吉
柯耳魯地
史文有地字又其書法必爲部族之名圖在阿力麻里
西北元史之阿力麻里在今伊犁就字音地望考之蓋即
之

元史之哈剌魯元史沙全傳哈剌魯人也罕的斤傳匣剌魯人祖匣答兒密立以斡思堅部哈剌魯人三千來歸匣剌當即哈剌之訛太祖本紀六年西域哈剌魯部主阿昔蘭罕來降以其遠在西陲故稱西域李吏部光庭回紇回回辨謂哈剌魯即哈剌火州望文生義其說大誤元祕史太祖命忽必來征合兒魯兀惕其主阿兒思闌降附來見太祖太祖妻以女合兒魯兀即哈剌魯也祕史於人名地名部名譯音最審當作哈兒而非哈剌又喀字音蒙古語每變為哈如可汗為合罕喀剌為哈剌皆是元時西域宗王合贊命拉施特修國史稱此部族為喀兒耳魯克克即兀之變音云其始祖為烏古斯汗與蒙古同出一源居地近喀押立即元史之海押立別

有考烏古斯出征歸途遇雪有軍士從而後烏古斯汗怒之遂留居是地故喀兒魯爲遇雪之解其說荒誕無可稽者又云巴魯剌斯人忽必來往征喀耳兒魯克未煩兵

力阿兒思蘭自來歸服蒙古稱此部人曰撒兒特祕史蒙文

作撒兒塔兀勒又太祖征西域亦稱之爲撒兒柎　又唐

塔兀勒義爲土著不遂水草遷徙詳祕史注

末波斯地人伊思塔克勒著書稱爲喀兒立怯云其居地在

古斯之東契丹回紇之西原文本作契丹作嚈噠詳西域古傳注即喀來滯部注古斯部

人唐末居錫爾河一帶　喀兒立怯即爲喀耳兒魯克之變音

亦見西域上傳

皆即柯耳魯亦即元史之哈剌魯元世時此部居地在巴勒喀

什淖爾東南與西遼接壤故祕史謂古出魯克往西遼

經畏兀兒合喀兒魯以往新唐書葛邏祿本突厥諸族在

北廷西北金山之西跨僕固振水包多怛嶺有三族永

徽初三族內屬顯慶二年置都督府三族當東西突厥

元史又作罕祿魯順帝本紀毋罕祿魯氏郡王阿爾斯蘭之裔孫也名邁來迪太祖取西北諸國阿爾

斯蘭率其眾來降封爲郡王俾領其部族明宗北狩過其地納罕祿魯氏明宗本紀帝西行

至北邊金山西北諸王察阿台等聞帝至咸率眾來附柯耳魯在金山西故明宗過其地察阿台即察合台其時諸王為篤來帖木兒之兄燕只吉台史云察阿台者當云察阿台後王譯者誤省其文耳是

聞視其興衰附叛不常後稍南徙自號三姓葉護兵强甘於闕至德後葛邏祿浸盛與回紇爭强徙十姓可汗故地盡有碎葉怛邏斯諸城所謂北庭西北金山之西正與大典圖形相符葛邏祿柯耳魯字音亦類元史類編文翰傳補遺葛邏祿迺賢字易之本葛邏祿氏世居金山之西後散處內地漢姓為馬隨兄塔海仲良宦江浙遂家明州長於詩有金臺集海雲清嘯集行世元史無葛邏祿部族必是柯耳魯迺賢考唐書自知即葛邏祿人故以為氏又

國朝四庫全書提要河朔訪古記二卷納新作納新族出西北郭囉洛因以為氏郭邏洛原作葛邏祿納新原

作洒𨶏今改正郭囉洛者以西域圖志攷之即今之塔爾巴哈台元時諸色目人散處天下故納新寓居南陽後移於鄞縣案提要之考地是矣唐時葛邏祿兵雄地廣塔爾巴哈台自宜在其境内南宋之世其部已衰僅據一隅之地以大典圖柯耳魯地考之更在塔爾巴哈台以西（自東聚地圖據□域東北 作畏兀合庫書）唐書葛邏祿傳具在何提要不一引也元定宗時天主教王使人潑蘭喀拙尼東來其紀行書亦有是部地望皆合惟稱為喀羅拉則又葛邏祿之變音矣

畏兀兒地

元史作畏兀兒所謂高昌國王亦都護是也秘史作

委吾兒又作委兀郎長春西游記至昌八剌城其王畏
午兒蓋即唐之回紇古音回讀如輝西人讀如畏[illegible]
唐書回紇傳[illegible]
乎聲唐都督長史故從其聲作回紇與兀吾轉注可通
唐書回紇傳表紇者亦曰烏護曰烏紇至隋曰韋紇後稱回紇是則韋紇為其本音與畏音叶
秦西載籍訛亦赤後裔機霍部耳阿〇耳嘎錫於明季
為畏孤兒
蒙書訓畏兀之義為聚言其氣類合聚不復離渙今回人心
元西域史
最解近情可為唐書回紇傳注解其地北自別失八里至
哈喇火州以南皆其轄境海都篤哇亂後始失其地詳下
合剌火者回紇在唐居於和林元史巴而朮阿兒忒的斤傳敘其始起甚詳
釋地
所謂薛靈哥水即色楞格河禿忽剌水即土拉河虞道園高
昌王世勳碑作虎
忽剌音遜元史惟云遷交州後居是者九百七十餘年
九字疑誤上文明言與唐人攻戰唐以金蓮公主妻玉

倫的斤之子自唐初至宋末尚不過六百數十年作史者不應併此不知虞集高昌王世勳碑謂遷交州百七十餘載太祖皇帝龍飛朔漠則年數又嫌其少宋太宗遣供奉官王延德使高昌其時已居交州故云地熱產五穀山有煙氣涌起至夕光焰若炬自宋初至元初（太祖稱帝之年）凡二百餘載則道園之文亦誤也李光廷謂元史此傳全係杜撰一以歲次太遠一以金蓮公主唐書無徵案元和林有金蓮川見耶律鑄雙溪醉飲集詩注金蓮公主之稱似有由來歐陽元高昌偰氏家傳亦溯發祥於和林三水畏吾兒之即回紇證據甚多豈可輕信一二異說執正史之微疵而遽詆為杜撰耶

史言巴而术阿兒忒既卒而次子玉古倫赤嗣未言長子拉施特（元西域史）所紀有異聞（足備）者附錄於此畏吾兒[illegible]（元酉）臣服太祖從征西域又從征西夏太祖妻以女阿爾勒屯別姬

此皆多桑所引拉施特之說

葉此說與元史異辛未年亦都護來朝太祖已許以女遣嫁親征錄與西域史雖未言公主何名殆
必是阿勒屯別姬自辛未至丁亥太祖崩年凡十七載豈阿勒屯在襁褓中即許婚耶苟亦襁褓則老大
恐無是理又俄人貝勒津譯本則云巴兒朮之妻早死故雖許婚久未遣
嫁道妻死乃議婚期其說較圓又拉施特所著部
實則是理阿勒赤別姬一說多桑據諸人之書無之惟俄人貝勒津
族考謂阿勒屯卒後復議以阿勒
所譯之波斯本書此一語其餘則所譯略同姑存其說不敢遽書
赤別姬下嫁乃巴兒朮亦卒是說亦從來未見皆不能斷
注於巴而朮卒之下

主有二日居死一日濟於遠僕膺賞其時太宗子孫有

倫的斤之子自唐初至宋末尚不過六百數十年作史者不應併此不知虞集高昌王世勳碑謂遷交州百七十餘載太祖皇帝龍飛朔漠則年數又嫌其少宋太宗遣供奉官王延德使高昌其時已居交州故云地熱產五穀山有煙氣涌起至夕光焰若炬自宋初至元初太祖稱帝之年凡二百餘載則道園之文亦誤也李光廷謂元史此傳全係杜撰一以歲次太遠一以金蓮公主唐書無徵案元和林有金蓮川見耶律鑄雙溪醉飲集詩注金蓮公主之稱似有由來歐陽元高昌偰氏家傳亦溯發祥於和林三水畏吾兒之即回紇證據甚多豈可輕信一二異說執正史之微疵而遽詆為杜撰耶

史言巴而朮阿兒忒既卒而次子玉古倫赤嗣未言長子雅施元西域史時所紀有異聞足備者附錄於此畏吾兒臣服太祖從征西域又從征西夏太祖妻以女阿爾勒屯別姬

史傳作也立（里）安敦表作也立可敦祕史作阿　乃太祖崩
勒阿勒屯今以西域書互較祕史音是　（復議以阿勒屯[illegible]）
綏婚期太宗即位議遣王姬下嫁而阿爾（勒）屯卒無何巴
而朮亦卒（此與元史不同）巴而朮先有子名怯石邁因嗣為
亦都護旋卒乃馬真皇后命怯石邁因之弟薩侖梲嗣
立憲宗即位薩侖梲來朝而別失八里之地流言忽起
謂薩侖梲將盡戮民之從天方教者民情洶（洶）其僕告變
蒙古官賽甫曷丁監治別失八里亟要薩侖梲返詢無
是謀而其僕堅證之事聞於朝付忙哥撒兒鞫治刑訊
薩侖梲遂誣服令其弟烏肯赤殺之代其位（烏肯赤即玉古倫赤）
天方教人則大悅薩侖梲崇釋氏民嫉異教故誣害其
主有二臣同死一臣流於遠僕膺賞其時太宗子孫有

與憲宗爭位者故畏吾兒國內凡附太宗之人斥逐幾盡徧閱元史一無證據然不敢必其無稽也子虛史傳巴而朮阿兒忒的斤既卒而次子玉古倫赤的斤嗣此處文義不應有而字疑史官初稿先有言其長子一段文字定稿時刪去漏未併刪而字此亦一綫疑竇特非確據也

哥疾甯本作寍避作甯

城名在巴達克山西南印度河東今西圖稱噶自尼古大典圖合時亦為國名魏書西域傳伽色尼國在悉萬斤南悉萬斤即撒馬爾罕明史作撒馬兒罕于方向相符惟云去代一萬二千九百里較之悉萬斤僅多百八十里則非哥疾甯伽色尼與噶自尼音合

之史國書云羯霜那之繇又音全南面偏東或魏書統言國境非專指都城惟所紀里數不足為據魏書於諸國道里多誤非止此也大典圖瀛環志畧阿富汗分九部一曰哈斯那即噶自尼又於布哈爾部下列噶斯呢屬城今考布哈爾部內並無此城亦即哥疾甯又布哈爾屬城有噶斯呢此即魏書之伽色尼西人稱渴石亦曰渴石

信屬之哥位皆合

那

可不里

城名在巴達克山西南今稱喀不爾阿富汗部酋建都於此西人云古稱喀不拉宋真宗景德至孝宗淳熙年間西一千年至一千一百八十二年先屬噶自尼國繼屬古耳後併於貨勒自彌太祖西征遂歸蒙古西人考唐書有高附當即其地蓋高附喀不音近地望亦合特無他證佐耳當在哥疾寧北而大典圖在東微誤道光年間英人所著萬國地理書有甲布即此瀛環志畧謂即布哈爾甚誤

巴達哈傷

城名今為部名稱巴達克山自喀什噶爾越葱嶺以至吐喀里斯單必由巴達克山經行吐喀里斯單即唐之吐火羅今屬阿富汗火字音西書多譯成喀斯單猶言地方本是以斯單羅以合音為里

故曰吐喀里斯單西域地名相承自古審音　唐元奘西
考地沿流溯源揣摩得之十可七八
游記渡縛芻河至鉢鐸創那國縛芻即阿母河當日元
奘東歸在阿母河上游過渡正從巴達克山東踰葱嶺
則鉢鐸創那（那字為印度語尾音）又即巴達克山之異譯元祕史有巴惕客
薛亦即巴達克山圖位合明史西域傳作八答黑商

途思

案本紀拖雷克徒思當即途思此為西域孔道名城時近孔道已更城市蕭索
唐時哈里發哈侖葬墓於此蒙古西來之殘（見西域補傳）
其墓城亦被毀元太宗時蒙古官庫耳古思重建城當
在巴達克山西當屬不賽因今大典圖在東北屬篤來
帖木兒豈葱嶺外別有途思城耶無考

忒耳迷

城名俄圖音同他國圖亦作忒耳昧特在阿母河北出鐵門而南以渡阿母河古時皆取道此城今改於忒耳迷之西渡河元史薛塔剌海傳從征忽纏帖哩麻賽蘭諸國帖哩麻即忒耳迷云諸國者先本小邦時已兼併大唐西域記自覩貨邏國順縛芻河北下流至呾密國云河北云順流一一吻合即忒耳迷綱目作帖力迷明史作迭里迷

不花剌

圖在撒麻耳干西偏南其即今之布哈爾無疑元史亦作卜哈兒亦作蒲華剌字收音僅此子見案西國地圖布哈爾都城稱布哈拉與此正同西域人云城名甚古

録與哈撒納傳凡兩見明史作卜花兒

明史作卜花兒

唐中宗時屬〔服〕於阿剌比人之大食（即唐書）唐昭宗後西域之薩蠻朝（見西域上傳）建都於此業唐書西域傳安若一日布豁又曰捕喝（元魏謂忸蜜）西瀕烏滸河布豁捕喝（治阿濫謐城即康居小君長罽王故地）皆布哈之異譯阿母河出葱嶺之源曰鄂克疏河曰瓦汗河（亦曰阿克疏河）亦曰烏汗河唐書烏滸疑為烏汗轉音元奘西游記作縛芻河或是鄂克疏轉音代遠千年音經重譯誠難吻合而烏滸縛芻之即阿母可無疑義嘉慶年間英人游歷著書謂阿母河古稱質渾繼稱鄂克疏斯後稱阿母達里雅質渾之稱見西域史（徐松西域水道記卷一注回語謂自成之河曰達里雅）那黑沙不城在布哈爾之東今為布哈爾屬地亦稱那克捨迫蓋即魏書之那識波唐書之那色波唐書曰那色波亦曰

小史蓋為史所役屬居吐火羅故地東阸葱嶺西接波剌斯（即波斯）南雪山西人考波斯史云波斯薩山朝（漢建安五年波斯滅而復興王名薩山故曰薩山朝）奴失耳宛王在位時（時為梁武帝中大通三年至陳宣帝太建十一年間）中國可汗兵至兩河之間（即錫爾阿母二河西域人稱其地曰麻費兒俺那耳）近那克搭迫之地敗海脫勒汗（考其時序殆魏周之兵惜乎無考）元英宗至治元年後蒙古稱其地曰喀兒什由察合台後王怯別（見察合台諸王傳西書稱葛伯克）曾於其地建立宮殿蒙古稱宮殿曰喀兒什故亦名城之為喀兒什（明茅元儀武備志韃靼方言稱殿為哈兒什各兒當即喀兒什哈喀通用）

的里安（裝智乃耳德曰圖作的安里蓋圖之誤）圖在不花剌柯提之間考古時肯勒自彌南境有城曰

搭兒罕今廢應在

撒麻耳干

明史謂元太祖蕩平西域易前代國名以蒙古語始有撒馬兒罕之名案元史多稱尋思干或稱薛迷思干惟西北地附録稱撒麻耳干邱長春西游記作邪米思干元祕史作薛米思堅亦作薛米思加耶律楚材西游録尋思干者西人云肥也以地土肥饒故名楚材説是也鄰部羨其富饒故以是稱之若其本國自稱則實是撒麻耳干干罕通唐書康者一曰薩末鞬亦曰颯秣建在那密水南唐元奘西域記亦曰颯末建國唐言康國元魏謂悉萬斤也那密水即那林河撒馬兒罕與薩末鞬颯末建音同

著於唐書曷嘗是蒙古語更徵諸塔什干塔什干即唐之石國（詳下察赤）唐書石國西南五百里至康今自塔什干至撒麻耳干道里適合康石二國可以互證徼外之地元則不考而漫（訂未碻）以譏人明史於是乎失言矣明史又謂撒馬兒罕即漢罽賓地隋曰漕國唐復名罽賓此則真（則未免）是臆說今人（近人黃懋材）遊歷印度著書妄分尋思干與撒馬爾罕為二謂西遼都城一在尋思干一在撒馬爾罕無稽讕語尤屬不值與辨

忽氊

圖在察赤南撒麻耳干東則此城必濱錫爾河錫爾河見一統志納林河行至安集延北與南之塔爾河會始有錫爾之稱中土載籍惟云納林元史郭寶玉傳次章（忽）

河進兵下尋思干城。劉郁西使記過忽牽河，卽長春西游記霍闌沒輦，由浮橋渡。蒙古謂河曰沐漣，沒輦卽沐漣。明史西域傳沙鹿海牙西北臨大河，曰大站，架浮梁以渡。李吏部光廷漢西域圖考謂忽章、忽牽、霍闌、大站一音之轉，實則納林河耳。其說良是，然此數音與納林絶不相類。異名蓋自莫釋。疑圖今譯西書，錫爾河濱有苦程城，孔道所經，因悟此城名為河名，猶中國長江在京口為京江也。西人於忽霍等音每訛為苦，章牽等音又訛為程，遂謂之苦程。俄圖音似霍鄭，較叶。回部浩罕亦稱霍罕，西人多云柯堪；波斯之呼拉商部，西人云苦拉生，此類甚多。耶律楚材西游錄云苦盞城西域是，華書亦有作苦字音者。元史伯顔傳祖阿剌平忽禪有功，薛塔剌海傳從征忽纏徐松西域水道記霍罕屬城有霍占皆即元史地里志之忽纏河以城名諸書疑綦昭若發矇矣西國圖籍亦稱苦程特新唐書石國南二百里所抵俱戰提西南五百里康也苦程特當云忽纏特正與俱戰提音類方向道里皆符是又可為唐書釋地同治五年俄羅斯併之屬錫爾達里雅省

麻耳亦囊

今曰瑪爾噶朗地併於俄在費爾干省內俄語曰瑪爾格蘭其南又有諸城瑪爾格蘭諸城譯義為新

可失哈耳

今曰喀什噶爾為漢疏勒故地唐書疏勒居迦師城迦

西域圖志回語謂地為葉爾寬為羌謂各色為喀什磚房為噶爾合而言之葉爾羌者地寬也喀什噶爾者各色磚房也彼地自隆古以來其名其義未[illegible]同之
乙乙或易徒以阻隔幅幀不通音問遂至異易文而始得其[illegible]

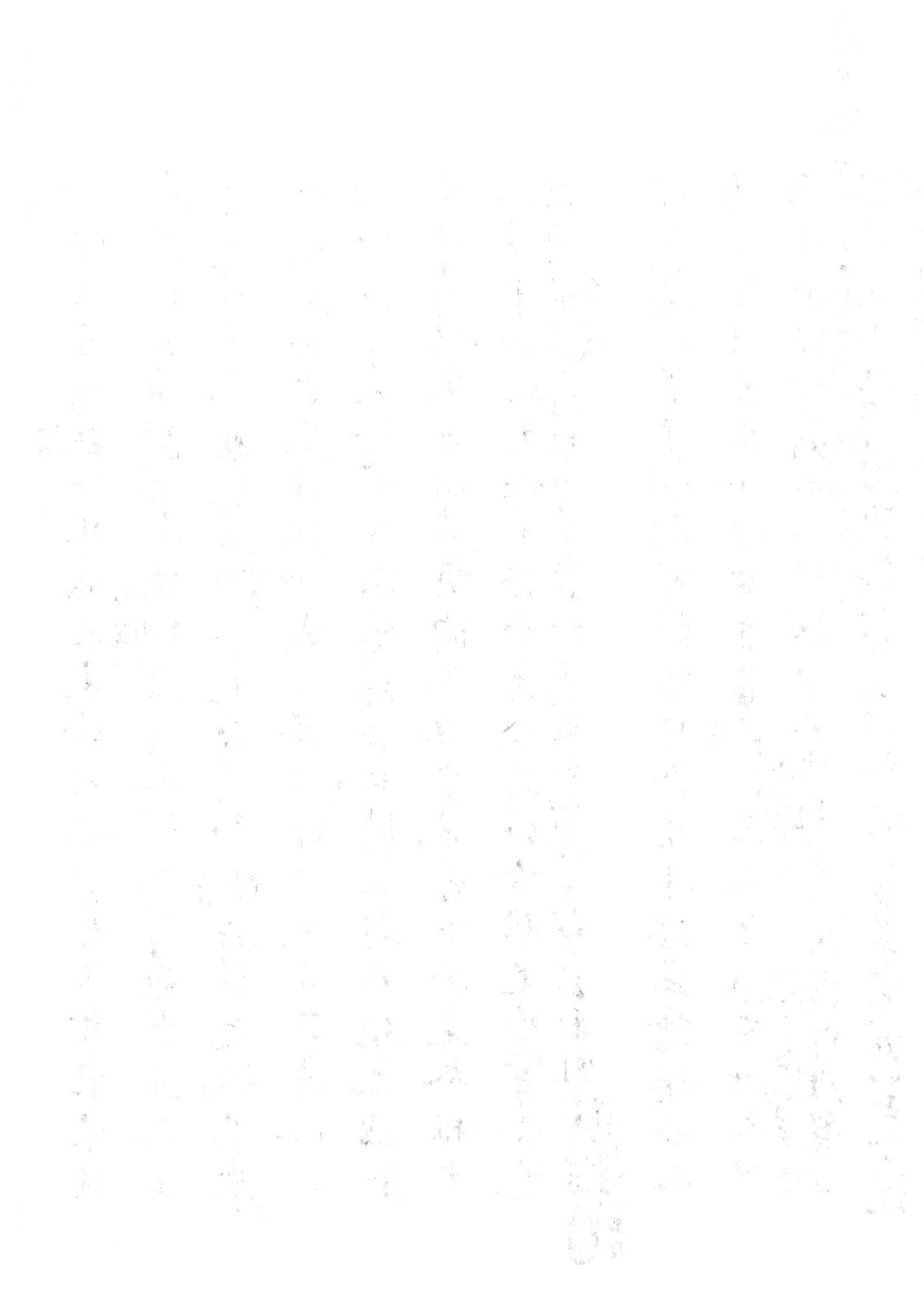

師喀失音類殆即此城其見於西域書者大食東來侵奪其地在唐開元年間阿黎意（西域人）本阿拉育勒體耳之書有云可失噶爾豁旦（即和闐）東西突而吉斯單之地先屬喀喇契丹古兒汗（即西遼）成吉思汗即位之十三年（西一千二百十八年）地皆入於蒙古後屬察合台（後王）據此則太祖之滅屈出律曷思麥里以其首徇各地望風皆下必是太祖十三年事西（元）祕史作乞思合兒合讀如哈明史哈實哈兒

國朝松筠伊犁總統事畧喀什初也噶爾創也譯言此地乃初擲創也（解惕謹案）

忽炭

即和闐唐書于闐國有瞿薩旦那屈丹豁旦諸稱西人考之瞿薩旦那本乎梵音當（爲）是印度人之稱突厥人曰屈丹波斯阿剌比人曰豁旦案瞿薩旦那（唐西域記）爲印度梵音（國注云俗謂之渙那）（唐言地乳即其俗之雅言也俗語謂之渙那）匈奴謂之于遁諸胡謂之豁旦印度謂之屈丹舊曰于闐訛也西人之說與元奘微異或别有所本

自是確論屈丹豁旦之分未敢深信元史又作斡端秘史作兀丹西游録作五端國朝松筠伊犁總統事畧云回人称漢人為黑台和闐即黑台之訛漢任尚曾棄其眾於此故名亦與元奘說異案黑台之稱回人謂漢人為黑台蓋沿襲蒙古人契丹之稱而訛契為黑是和闐之稱決非由此遠引漢任尚事以為傅會蒙不敢以斯論為然

柯提

圖在花剌子模東南案俄圖離機窪城六十餘里有柯提城方位字音皆同他國圖亦稱喀特城係古城唐昭宗天復至宋真宗咸平年間貨勒自彌都城在此貨勒自彌即花剌子模亦即唐書之貨利習彌國唐書謂一曰過利疑即柯提轉音

兀提剌耳

西游録苦盞城西北五百里有訛打剌城以大典圖西

圖考之若合符節本紀之訛答剌斡脱羅兜祕史之兀答剌兒兀的剌兒皆即此城句尾有兒字元音憲宗時阿昧尼亞王海屯入朝和林其紀程書亦作訛脱剌兒明初駙馬帖木兒謀東犯行至此城而卒今城已久廢

巴補

今俄圖目那馬干至忽氈道中有巴魄城屬費爾干省即巴補西游録以苦盞八普可伞三城並稱蓋由西南來先過苦盞再八普再可伞魄補普字音尤近苦盞即忽氈見上可伞即柯散見下大典圖巴補在忽氈東不誤惟與麻耳亦囊位置未洽費爾干本係古國俄人取為省名非俄剏造唐書石東南千餘里有怖悍者山四環

之地膏腴多馬羊西千里距堵利瑟那東臨葉水出葱嶺北源色濁西北流入大磧此即納林河可證石國之石涯素葉河即此葉水以道里方位地利考之即浩罕安集延等地俄之費爾干省也元奘西游記作怖悍怖音敷廢反正與費爾干音合唐書怖悍恐係誤當從元奘作怖

訛跡邗

案俄圖作訛跡

案俄圖喀什噶爾西北約六百里有烏自根城他國圖作烏斯勘音在堅肯之間元史也罕的斤傳有瓦斯堅部似即此耶律希亮傳中統三年十月自布拉城至于亦思寬之地疑即烏斯勘之異譯下云四年至可失哈里城知與喀什噶爾相距非遠西人云回部亦稱

訛耳勘秘史太祖命沙兒塔兀勒人馬思忽惕管不合兒薛米思堅兀龍格赤兀丹乞思合兒兀里羊等城兀里羊疑即訛耳勘之異譯元駙馬帖木兒後王巴卑爾釋地書云烏斯勘為昔之曹爾干會城

倭赤

今曰烏什漢于闐地徐松西域水道記烏什城據瑚[illegible]赤山東南面山係小石山高聳孤立回語謂山石突出為烏赤即烏什也城以山得名元稱倭赤甚叶俄人稱之曰烏赤烏什

苦叉

今曰庫車漢龜茲地當準部未平時今之伊犁亦曰苦叉謹案西域圖志固爾札在伊犁郭勒之北二十里乾隆二十七年築甯遠城又曰伊犁河北舊有廟曰固爾札都綱三層繚垣周一里許當噶爾丹策凌時以五集賽喇嘛更番居此誦經膜拜頂禮者遠近咸集廟之閎贍甲於漠北阿逆之叛廟乃燬廢然則西圖之稱伊犁為苦爾叉者即固爾札也

西國輿圖譯字還音稱苦爾叉而稱今之伊犁亦曰苦爾

蓋伊犁之會寧城爲準部之庫耳叉城酋首居此以是得名著稱今公譯固爾札耳叉至今西國輿圖仍稱伊犁爲庫耳叉圖理琛異域錄俄羅斯南面諸國有庫策皆謂即庫車然其時庫車與俄界隔絶不應列之鄰部或指伊犁而言未可知也

柯散

圖在察赤東南俄圖納林河與塔爾河會流處之北爲那馬干耶馬干北六十里有城曰喀散喀散西北與塔什干遥遥相望塔什干即察赤也昌思麥里傳有柯散西游録有可傘皆即此唐書寗遠者本拔汗那或曰鏺汗元魏時謂破洛那去京師八千里居西鞬城在真珠河之北有大城六過波之治渴塞城高宗三年以渴塞城爲休循州都督府渴塞柯散音類真珠河或即納林

塔爾等河（唐書石國西南又有真珠河 則似阿母河見下察赤釋地）

阿忒八失

耶律希亮傳四年至可失哈里城四月阿里不哥兵復至希亮又從征至渾八升城希亮母從后避暑於阿體八升山阿忒八失城當以山得名西人謂有阿忒八失河今考俄圖伊斯色克庫爾即特穆爾圖淖爾（人多稱亦息庫爾）西南面偏東三百里爲阿忒八失山山北爲阿忒八失河（北）入於納林河俄人云河邊有古城遺跡當即此城（兼）以河（山）得名大典圖在阿里麻里亦剌八里之西南甚合先當爲布魯特游牧地今屬俄七河省

八里茫

圖在倭赤東北無考

察赤

即今之塔什干唐史石國漢大宛北境錫爾河東濱塔什干為名城元史紀傳皆不載惟武宗至大元年有塔薛迷思干塔剌斯塔失元三年民賦等語塔失元即塔什干明元世駙馬帖木兒後王巴卑爾著書釋地謂塔什干為俗稱著作家不云塔什干多云柘折或云察赤康熙四十一年英人莫邇遊歷著書稱塔什干曰察赤先於莫邇遊歷者謂塔什之義為石干為城國之解業唐書西域傳石國或曰柘支曰柘折曰赭時漢大宛北鄙也去京師九千里南五百里康也右涯素葉河王姓石治柘折城故康

居小王窩屠城地西南有藥殺水入中國謂之真珠
河亦曰質河唐元奘西游記白赭時國唐石國也西
臨葉河柘支柘折赭時皆與察赤音近其為塔什干為
唐石國證以圖形確無疑義唐書之素葉河元奘作葉
〔謂出蔥嶺北原西北而流浩汗渾濁汩急漂急唐書亦謂〕
河葉唐書謂怖悍國東臨葉水出蔥嶺北原西北流入〔色濁〕
〔當〕〔其云〕〔有〕〔入中國〕
大磧即此水道即錫爾河也西南有藥殺水亦曰質河
葉蔥嶺西北大水惟錫爾阿母二流西人以阿母河古
稱〔質〕渾繼稱鄂克疏斯〔克斯二字為語助音不重〕上與游來源有鄂克
〔瀛寰志略作荷薩士河南懷仁坤輿圖作阿書河〕
疏河亦曰阿克疏河與藥殺音近成渾與所謂音類疑即
〔質河當即所謂渾河〕
此河真珠之稱必非西域音蔥嶺西北之水皆出中國
無入中國者當是唐書之誤後魏書有悉萬斤國即唐書康國今之撒
馬爾干魏書於悉萬斤外別列康國並昭武九姓諸國又云者舌故康居國者舌之
名無徵亦疑即塔什干即柘支柘折赭時之異譯

也云赤

圖在亦剌八里西無考劉郁西使記有亦運河或在此河濱以水得名

亦剌八里

圖在阿力麻里西南必濱伊犁河元憲宗時阿昧尼亞王海也紀程書於其西歸先過伊闌八里克城後渡伊拉河伊闌伊拉皆伊犁異譯唐書稱伊列河西游録稱亦列河八里謂城回紇語亦蒙古語城以河得名蒙古先稱城為巴剌哈孫見秘史西游記繼亦稱八里則沿回紇語今波斯亦稱城曰巴剌至明代薊門防禦考則又云北虜謂城為合托見茅元儀武備志合讀如哈似是西域語裏海東南面有城曰烏變孫哈達哈達即哈托

易方言由於遷地曷思麥里傳有亦八里城疑即此明史别失八里國王納黑失者罕為從弟歪思所弑而自立從其部落西去更國號曰亦力把里續文獻通考曰亦力把力不知何國地竊以私意補之曰唐西突厥地高宗顯慶二年蘇定方等渡伊麗河討阿史那賀魯平之地隸都護府自安西北庭淪陷地始無考居沙漠間在肅州西北二千七百里有熱海周數百里俗呼亦息渴而元名其地為别失八里案此語誤元初别失八里屬畏兀兒烏魯木齊熱海即今特穆爾圖淖爾見西域水道記亦剌八里當屬阿力麻里邱長春西游記至阿里馬城鋪速滿國王來迎知别有酋長明永樂十六年歪思弑其從兄王納黑失只罕自立為王從其國西去遂更國號曰亦力把力亦力把里亦力把力皆即亦剌八里以城名稱之本非國號未可為更

亦息渴而明史作亦息渴兒即特穆爾圖淖爾今各西國地圖俱稱亦息庫爾俄作伊斯色克庫爾斯克為語助音從其俗稱音末差池載於明史由來已久西域水道記特穆爾圖淖爾亦曰圖斯庫爾不云亦斯而云圖斯恐徐氏所聞未備有誤

普剌

耶律希亮傳作布拉西遊録作不剌劉郁西使記作孛羅地望字音皆合今城已廢當在博羅塔剌河左近南臨賽喇木淖爾西書稱曰普拉特稱賽喇木淖爾曰速咸庫爾海屯紀程書云先經普拉特城再經速咸庫爾憲宗時天主教王使人路卜洛克東來紀事云普拉特城有台吞人為鎔金製器之工匠蒙哥西征旋師挈以

至此台吞人即今德意志人法人以是稱之至今猶然語意近乎輕藐德人所不樂聞

也迷失

城名無可徵考惟速不台傳平欽察軍歸略也迷里霍只部獲馬萬餘匹也迷字同差可附會圖在普剌東北西人謂元史憲宗本紀及耶律希亮傳之葉密里必即此地也迷失地望甚合而里失二音尚遠葉密爾本河名亦作額密爾在今塔爾巴哈台詳葉密爾考也迷失即未必定是葉密里城而因河得名鮮當不謬

阿里麻里

亦作阿力麻里察合台後王國都建此當在今伊犁雖遺址無徵要非甚遠自元史世祖本紀與西北地

注二說歧異遂致聚訟紛如徐松西域水道記既辨地里志阿力麻里為海都分地之非復考正北庭西北行四五千里至阿力麻里道里之差世祖本紀阿力麻里在和林北方位之誤皆精確可據惟改阿力麻里為阿里瑪圖則為千慮一失阿里瑪圖自是河名阿力麻里自是城名圖有也里當為八里之省文猶言城阿里瑪阿力麻皆謂果譯字不同急讀之音仍無別此當是回紇語若蒙古語則果曰者泥四梨曰阿力麻見武備志耶律晉卿西游錄則云土人目林檎曰阿里馬尤各不同李吏部光廷泥於世祖紀皇子北平王建幕於和林北野里麻里地一語謂阿力麻里在今烏里雅蘇台而以今伊犂之阿力麻里援西游錄西游記斷為當作阿里

馬經世大典圖明作阿力麻里明在庫車之北元之別失八里西游錄作別石把西游記作鼈思馬皆奪里字地非同文紀述各異豈可望文生義強為區分耶城在元初別為一國邱長春經此尚有鋪速滿國王滅於何(元帝)時(代)無考

合剌火者

今日喇哈和卓元火州畏吾兒國都建此海都篤哇之亂亦都護火赤哈兒戰死地陷叛藩其子紐林於仁宗時領兵火州復立畏吾兒城池今據地里志大典圖則泰定年間火州復屬察合台後王畏吾兒復失國元史無徵考明史火州又名哈剌在柳城西七十里土魯番

東三十里漢車師前王地隋為高昌國唐太宗滅高昌以其地為西州宋時回鶻居之元名火州與定安曲先諸衛統號畏兀兒永樂四年命鴻臚丞劉帖木兒護別失八里使者歸因齎綵幣賜其王子哈散此王子當是元後而非畏兀兒後

魯古塵

西域水道記吐魯番鎮城曰廣安唐安樂城其東七十里為火州元火州治今曰哈喇和卓又東五十里曰魯克沁東漢之柳中城也魯克沁即魯古塵明史柳城一名魯陳又名柳陳城即後漢柳中地西域長史所治唐置柳中縣西去火州七十里魯陳柳陳尤與塵字音叶

里數較多當以徐氏所紀爲得確數俄圖稱魯克昌

別失八里

元別失八里有二一在高麗北陶宗儀輟耕錄高麗以北名別失八里譯言連五城也罪人之流奴而干者必經此其地極寒海自八月即冰明年四五月方解人行其上如平地當在今之琿春以北征東行省每歲委官至奴而干給散囚糧須用站車每車以四狗挽之案元史遼陽省有狗站即此回紇語五爲別失城爲八里輟耕錄之説不謬一在今烏魯木齊元爲北庭都護府漢車師後王庭唐踵唐世稱其地有回鶻五城故稱別失八里輟耕錄説合元初屬長春西游錄金山南有回鶻城名別石把西游記西

耶律鑄雙溪醉隱集庭州七絕詩注庭州北庭都護府也輪臺屬焉唐書二年改庭州爲北庭都護府又曰後漢車師後王故庭有五城俗號五城之地即今其俗謂之伯什巴里蓋突厥語也伯什華言五也巴里華言城也

蓋元初地屬畏吾兒

至鼈思馬大城回紇王部族勸葡萄酒海都之亂地入（繼歸察合台後王）叛藩（詳察合台諸王補傳注）朔方備乘謂憲宗遷合丹於別失八里即今之喀喇沙爾何所徵信不得其解

他古新（元史今改托古沁西人謂即托克遜）

西域水道記今吐魯番廣安城西二十里為古交河城唐之西州貞觀時安西都護治自雅爾湖西南行百里為布幹臺又西南七十里為托克遜臺托克遜他古新音類惟圖中方位在魯古塵東北不合（俄圖魯克昌東北）（伊犁總統事畧土魯番所屬卡倫有[illegible]斯之變文新字音亦近意當日藩封東境至此）闢展之東數十里有地名特古斯為東北赴巴里坤驛（禿古斯在土魯番東哈密西而微偏北不當孔道字音地望皆合）路所經字音相近疑即他古新（俄圖亦載此地名為闢展東北赴巴里坤經行之所）

仰吉八里

城無徵惟阿昧尼亞王海屯紀程書有之稱為仰吉八里克西往伊犁孔道所經案西域水道記瑪納斯東岸里許有城墉舊基曰陽巴勒噶遜乾隆四十二年於其東建南北二城北曰康吉南曰綏寧後改綏來縣治巴勒噶遜即巴剌哈孫蒙古語謂城回紇語八里謂城（別城曰八里）陽仰音近圖位亦合徐氏自注陽漢人語巴勒噶遜準語城也向陽有城基故名合漢語準語為一解近附會且語亦非始準部也

古塔巴

西域水道記準語呼圖克拜者吉祥也今彼中之諺易曰呼圖壁譯為有鬼乾隆二十九年於其地築城曰景

化原注昌吉縣城西一百十里三十八年移甯邊巡檢駐之胡圖克拜河出城南八十里之松山北流出山逕瑪納斯營卡倫西凡北流二十五里為渠口疏東流渠六西流渠六又北流五十五里逕景化城北流百餘里與羅克倫會呼圖克拜亟讀之便似成古塔巴圖位亦合

彰八里

元史或作昌八里或作摻八里海屯紀程書作昌八里克西域水道記昌吉河發源孟克圖嶺北麓四源並發匯而北流至山外分為渠經昌吉縣治其城曰甯邊乾隆二十七年建築圖中方位亦即在此命名之義問諸水濱矣元史李進傳至元十九年命屯田別失八里二

十三年海都及篤哇等領兵至洪水山進與力戰軍潰被擒至欅八里逋還至火州欅八里即彰八里固知地在别失八里與合剌火者之中

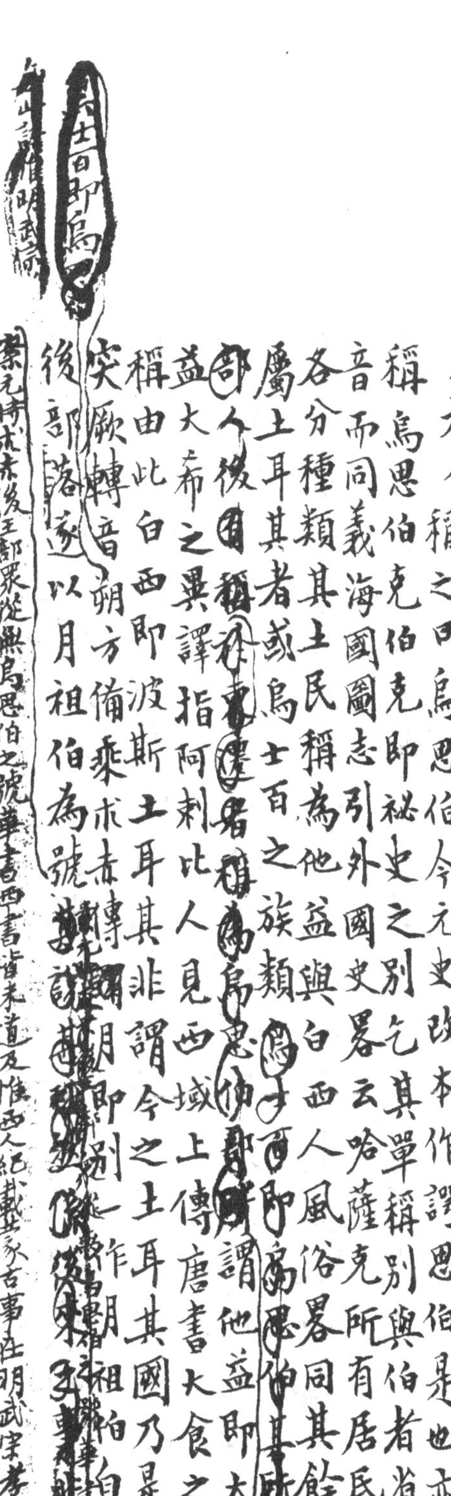

月祖伯朮赤五世孫元史又作月即別月思別西書皆稱之曰烏思伯今元史改本作謨思伯是也亦稱烏思伯克伯克即祕史之別乞其單稱別與伯者省音而同義海國圖志引外國史畧云哈薩克所有居民各分種類其土民稱為他益與白西人風俗畧同其餘屬土耳其者或烏士百之族類烏士百即烏思伯其所部人後稱為烏思伯部所謂他益即大益大希之異譯指阿剌比人見西域上傳唐書大食之稱由此白西即波斯土耳其非謂今之土耳其國乃是突厥轉音朔方備乘朮赤傳月即別一作朝祖伯白後部落遂以月祖伯為號

案元時朮赤後王部衆從無烏思伯之號華書西書皆未道及惟西人紀載蒙古事在明武宗孝宗年間拔都之兄傣而達後人先本在西被逼而東人稱之曰哈薩克烏思伯克某某汗外國史畧所謂烏士百族類指此非即元史之謨思伯朔方備乘知其一未知其二也

阿薩蘭阿思

部族名即元史之阿速朔方備乘以今俄南境近臨黑海之阿索富海當元之阿速見解極是惜未賅備或以今哈薩克為阿速誤甚考東羅馬書阿速部西域又稱為阿速阿蘭一曰阿蘭尼又曰

阿思促讀思字音便成阿速地理志稱阿蘭阿思蓋並與元史
名並舉（地理志同）或彼土自有此稱俄羅斯人稱為耶細（詳奄蔡考）亦阿思
阿速音轉其部在高喀斯山北西濱阿索富海阿索富
城以海得名在阿索富海黑海南北分界陸地間城建
何時不可考阿索富海先名速噶忒後改阿索富或云
阿思人自以部名名之說與何氏合特謂海非謂城明
史云阿速城倚山面川川南流入海所倚之山即高喀
斯山所面之川即端河入於阿索富海其云近天方撒
馬兒罕蓋以著名之地言之實則東南至撒馬兒罕西
南至天方程途皆在三千里內外不可言近又云有魚
鹽之利土宜耕牧物產富寒暄適節皆合地形至云敬

佛畏神好施惡闢考阿思先從天主教後改天方教自元迄明初尚是奉天主教所謂神佛非釋氏之神佛如來廣大法力從來宣播宗風從未行教及此明人誤稱之也元史列傳阿速人甚多西人考之謂內多天主教人名如口兒吉為角兒只之轉音（英國前王有角兒只第一角兒只第二等名）口兒吉之子的迷的兒為的迷忒里之轉音捏古剌傳無氏籍惟云在憲宗朝與也里牙阿速三十人來歸子為左阿速衛千戶則當是阿速人捏古剌即尼古老之轉音（今俄君之祖名尼古老第一俄君之世子名尼古老第二的迷忒里俄先代名此者亦多）也里牙阿速為昂里牙思之轉音案魯申繻曰名有五有信有義有象有假有類以名生為信以德命為義以類命為

象取于物為假取于父為類蒙古命名有義有象有假而取物為多泰西尚類其類也不以父以古人故同名最多天方教人亦然但聞其名即知其國元時諸色目人皆得入仕西人之說或不誣也其都城曰麻思亦曰蔑思一作蔑克思太宗十年本紀蒙哥率師圍阿速蔑怯思城閱三月拔之即阿速蔑怯思即蔑克思元阿速即漢奄蔡詳奄蔡考元世祖時維尼斯國人謨克波羅入仕於元著書云阿速人多入軍籍奉天主教伯顏平宋師至常州城將乞降阿速軍入城城中蓄良醞甚多酣飲盡醉臥盡為所殺復閉城拒守招降不從攻下之屠城與元史伯顏傳說異而屠城不異史書紀述有時不及私家著錄之真用存其說維尼斯昔為一國今併於義大利維[illegible]弗以二字合讀作弗[illegible]

欽察

烏拉嶺西裏海北黑海東北之大部祕史作乞卜察兀今改奇卜察克音叶俄書稱其地曰波羅甫次稱其種人曰波羅甫齊他國皆稱奇卜察克先時東羅馬國稱之曰庫滿亦曰庫馬尼（西人謂由庫馬河而來故名此河所在無考）（為瑞河之東枝水）元初天主教王使人潑蘭喀批尼法王使人路卜洛克阿昧尼亞王海屯皆道出其地皆稱庫滿惟波斯地人稱為奇卜察克與蒙古同有二解一謂突厥族派遺五大支七為奇卜察克與蒙古同屬烏古斯汗之後烏古斯汗與亦特巴阿部戰而敗退至兩河閒（不知何河）有陣亡將弁婦懷孕臨蓐軍行倉卒無産所就空樹中生子烏古斯汗收育之名以奇卜察克義謂空心之樹越十七年烏古

斯汗戰敗亦特巴阿收降其衆未幾又叛乃令奇卜察克往牙發克河即烏拉嶺之烏拉河秘史稱札牙黑水亦特巴阿之地不知居何地中鎮撫之自此遂為部名此拉施特所聞於蒙古人之說而據以入西域史者也疑是突厥而年數不合名亦無考所謂烏古斯汗不知何代人何國主鋪敘戰功且踰波斯而至埃及中西古籍咸無可徵祇可目為荒渺等諸郢書燕說西人解奇卜察克為荒野平地之民亦云載世特奇卜察克語出波斯俄之波羅甫齊釋義亦同此近世西人之說也二者相衡此較可信近似西人涉獵華書元魏之時烏孫西徙葱蔥嶺自是厥後杳不知其所之而唐初突厥所屬之可薩部直裏海北即在奇卜察克之地西書稱曰喀薩兒亦云役於

突厥在唐中葉又有部族自東而西喀薩咒被逼西徙舊時游牧地悉屬別姓嗣後東羅馬書遂見庫滿庫馬尼之名因是而知（謂）烏孫西徙為奇卜察克俄南境帖尼駁河古名烏蘇河帖尼駁河入黑海之處曰烏蘇立姆那猶言烏蘇海灣當由烏孫居此故有烏蘇之名不惟筆之於書且繪為圖以明種族遷（徙）變蹤跡德國人著有此圖以彩色分別種類遞遷遞變精工之極俄國考古輿圖亦於蒙古未來之先列烏孫部於奇卜察克北境以實元人王惲之說而明已之並非烏孫蓋嘗遍訪西書考尋其說究無實據但可（傳疑傳信論定）存疑（為難）元史土土哈傳其先本武平北折連川按答罕山部族雖山川名號無徵而遷徙必由東土此則較為可

信者也餘見土土哈傳注元史類編謂欽察俗勇猛青目赤髮

朔方備乘據以入欽察傳今案元史初無是語西人之

奇卜察克

諾案奇卜察克北境以四十八度為限尚不及五十度西境以渴聶普兒江為限距薩莱二千三百里

信者也（餘見土土哈傳注）元史類編謂欽察俗勇猛青目赤髮，朔方備乘據以入欽察傳。今案元史初無是語，西人之考奇卜察克種族狀貌亦無是語。其人從入中原多位將相，順帝答納失里皇后即欽察人，必無青目赤髮正位中宮之理，此傳訛者一也。類編又謂欽察去中國三萬里，夏夜極短，日暫沒即出。今考拔都建牙即在奇卜察克境內，舊有薩萊城，在今俄之薩拉托甫省內，東距和林直綫八千八百里，行程一萬二千餘里，其西境所至不過再加二千餘里，不知三萬里之說何自而來。奇卜察克地在赤道北四十餘度，北境至五十度餘而止，與黑龍江北境相仿。若夏夜日暫沒即出，當在赤道北六十度，已距北海不遠。元時俄羅斯北境[illegible]

必非奇卜察克耶律晉卿西遊録亦誤於傳述謂可弗叉國夏日暫没即出此傳訛者二也亦辨見拔都傳注元師一再西征誅戮之餘編為卒伍其奔遂與蒙古無別馬加者即元史之馬札兒尚有四萬户後亦散入他國見拔都傳至於今日地名如歷歷可指而遺黎所在無有知之者矣

此在俄阿羅思之後

不里阿耳

元初分東西二部西部在黑海西今曰布而噶爾亦曰布而噶里亞為土耳其屬國西部出於東部以歲饑移徙而為今國經世大典圖在欽察東北則東部也波斯人稱之曰布老耳亦曰布拉耳案元史兀良合台傳元祕史皆有孛烈兒當即布里阿耳老耳布拉耳又曰孛烈兒蠻則為孛烈兒之人拔都西征破波蘭亦可謂即孛烈兒二說皆通（未能遽斷）以不里阿耳為近似

其都城亦名布而噶爾離喀山城二百五十華里喀山見圖理琛異域録遺蹟尚存元太祖時哲別速不台北征兵躪其境太宗時拔都西伐都城始毁今惟存一村落居民每於土内掘得古器拔都之鄂爾多先駐於布而噶爾嗣建薩萊城於浮而噶河下游始冬夏分駐焉拔都於布而噶爾鑄錢今猶有存者此部人從天方教西之布而噶爾則從天主教

可羅思

今官私文書定稱為俄羅斯詳審西音當云鄂而羅斯鄂而二字滚於舌尖一氣噴薄而出幾於有聲無詞自來章奏紀載曰斡羅思鄂羅思斯厄羅斯兀魯斯阿羅思斯直無定字又曰羅剎羅車邏遮察羅沙則没其啟口之

音促讀斯字變為剎察歧異百出有由來也其建國在唐懿宗咸通三年其種族曰司拉弗哀弗哀二字併合急讀弗字宜如呆音讀若甫還切瀛環烏孫遺種彼晚不承說亦無確據佛書羅剎尤屬張冠李戴擬不於倫其國名最晚著而族類之名則早見西書中國齊末為西五百年日耳曼人南徙羅馬故地有司拉弗哀人自東來居日耳曼故地見羅馬古書烏孫通貢元魏亦在是時故烏孫俄史釋之說俄人不承即他國西人亦謂非是司拉弗哀義為榮耀歐洲他國或釋為傭奴瀛環志畧謂唐以前為西北散部受役屬於匈奴殆亦歐洲他國之說唐季此種人居於俄今都森彼德普耳之南舊都莫斯科之北其北鄰為瑞典挪威國國人有柳利哥者志畧作祿利哥兄弟三人夙號雄武侵陵他族收撫此種人併為

（眉批：志畧作薩拉戈音不叶）

俄史又云司拉弗哀猶言語也古時土人以他國人言語不通呼為捏蔑思名見元史詳拔都傳猶云啞子而自稱司拉弗哀猶謂能言者也至今尚有此語昔時東羅馬諸國因其自稱遂以名其部族

一部是為俄羅斯立國之始其國名緣起則由柳利哥舊居鄂而羅斯洛哥之地〔屬瑞典今尚有村落〕遂以是為國名他西國人謂鄂而羅為搖櫓聲古時瑞典國人專事鈔掠駕舟四出柳利克亦盜魁故以名其居地〔古時瑞典人四出為盜此卻不誣〕是說也俄人所不承柳利克既建國先據拉多嘎城後徙諾物哥羅特城〔諾物哥羅特謂新城在俄今都南二百餘華里偏東〕後嗣漸拓而南遷於計掖甫近鄰黑海〔西人考計掖甫城建於俄未立國之先因其酋長名曰乞而故以名城泰西無此文名當是突厥烏孫之類或作計由朔方備乘疑因元定宗名貴由故以名城揣度大誤〕行封建之制瓜分豆剖地裂亂生蒙古西來橫挑大敵元師再舉俯首稱臣明世蒙古衰而俄始盛明季艾儒略職方外紀謂亞細亞西北之盡境有大國焉曰

莫哥斯未亞魏源曰即鄂羅斯也俞正燮議此書不知有俄羅斯豈知外域音殊字別況此時鄂羅斯尚未兼併西費雅之地乎案魏氏說是也然外紀所云非音字之殊乃名稱之異俄自降蕃蒙古遷都莫斯科泰西列邦風氣阻隔不以自主之國相待故明世西人多不稱俄羅斯但名之曰莫斯科弗哀亞耳弗哀讀法見上外紀作莫哥斯為字之倒置弗哀亞耳猶言地方又曰莫斯科弗哀國則言其國之人至今泰西猶有是稱詞近輕忽亦俄人所不樂聞志略有沒壽啡或當即由此傳訛俄羅斯至今而極大經典大典地圖猶可考見當時疆圉僅據一隅云

撒吉剌

南懷仁坤輿外紀莫斯哥未亞國其國晝短夜長冬至日止二時氣候極寒室宇多用火溫行旅為嚴寒所侵血脈俱凍驀入溫室耳鼻輒墮自外來者先以溫水浸其軀俟僵體漸甦方可入室案此言冬日若在夏至前後則幾如不夜城矣侵寒墮耳實有其事己丑冬鈞自俄返德一隨員至車機送行甫及門俄人見而呼曰一入暖室耳將墮矣亟捫雪力搓其耳俟血色轉乃釋手又云墨是可國有異雞吻上有鼻如象可伸可縮縮僅寸餘伸可五十許案今時上海多有此種洋雞不足異矣又云墨是可國有四絕一馬二屋三街衢四相貌墨是可即莫斯科直以城名為國名矣俄羅斯至今而極大經世大典地圖猶可考見當時疆圉僅據一隅元史地里志欽察下注引憲宗本紀歲丁巳以駙馬剌真之子乞解為達魯花赤鎮守斡羅思殆謂斡羅思即俄羅斯案本紀上文云出師南征必先命乞解居守如太祖西征則命弟斡惕赤斤居守是也祕史蒙古文有兀魯思鮮為百姓西人通蒙文者解為家業家國義可相通斡羅思必即兀魯思猶言鎮守本國百姓憲宗時西土藩封早定何待朝廷遣官鎮守殆元史之誤引也

接書於志曰乃有後壽唯双行小注之下

黑海北境海水形如蟹兩螯左螯則黑海彎環東注右螯則為阿索富海兩海通流而中有陸地為之分界其兩螯交抱間又有陸地縱橫各數百里今名客勒姆昔名撒吉剌其西域人亦稱達嘎特地南濱多山北皆平壤有撒吉剌河發源南山山之北有撒吉剌城河經城中西北流復東北入阿索富海今俄改城名曰星福洛普耳於是撒吉剌之名遂泯撒吉剌為希臘語漢之先希臘人於此通舟楫明史西域傳沙哈魯在阿速西海島中地形疑合沙哈魯即撒吉剌之異譯即沙哈魯又即達嘎之轉音利商賈故知厥稱為古客勒姆即元祕史之客兒綿有客勒姆城故祕史注為城名今廢祕史每以客兒綿乞瓦綿二城並稱案乞瓦綿即求綿音在每門之間綿字亦非甚叶在烏拉嶺東圖理琛異域錄謂之圖敏繆主事祐孫俄游彙編云星飛洛波立城在克雷木半島薩勒幾爾河上此即星福洛普耳城克雷木即客勒姆薩勒幾爾河即撒吉剌河

花剌子模

地在鹹海西南裏海以東地名最古中國周初波斯之
火教書已見此名春秋時波斯以箭頭字鐫石亦見此
名字形多如箭頭作↑字形西人謂之箭頭字波斯語解謂地低平唐書西
域傳貨利習彌國為漢康居小王奧鞬城故地即花剌
子模審定字音當曰貨勒自彌初作西域補傳所譯西書都作柯拉色姆繼釋
西北地乃悟即花剌子模復詢波斯使臣考正字音則
為貨勒自彌知唐書譯音尤勝元史今俄地圖鹹海裏
海間地音如貨勒自彌又知
東方輿地俄圖勝於他國圖元奘西域記作貨利習彌
迦多迦字唐書謂居烏滸河陽烏滸即阿母河古時阿
母河入裏海河自布哈爾之南轉北行距鹹海三百餘
里折而西注花剌子（貨利習彌）在其南故云居河之陽惟西域

記云捕喝國又西四百餘里至伐地國又西南五百餘里至貨利習彌迦國方位不能相合改西南為西北庶幾似之元奘書例書行者親游踐也書至者傳聞記也未歷其地但憑傳說安必無訛其部都城本在柯提見上後遷於烏爾鞬赤考別有唐書貨利習彌一曰過利一曰火尋疑過利即柯提轉音火尋即烏里鞬轉音西人謂蒙古人稱為烏爾鞬赤阿剌比人訛為郭爾占尼牙郭兒占赤當即烏爾根烏爾鞬之變音也明洪武二十一年帖木兒毀烏爾鞬赤城後重建非舊址見烏爾鞬赤考

氊的

關在第三

以下（三城）皆城名皆濱（西臨）錫爾河而氊的尤在下游為錫爾河將達鹹海之處西書稱為鄭忒俄人前於鹹海設水師錫爾河濱築礮台距礮台三十華里地名克耳枯特即此城舊址乞兒吉斯人冢墓甚多

此存第二

巴耳赤邗　此地名見英人商業沿革史図日本大作ボルシ八名

即本紀之八兒真（巴爾喻西）元初潑闌喒扯尼的海屯紀行之書上（見）作八兒勤今西國藏有古錢上有八兒勤字音當即此城所鑄地已湮没無考

此存第一

賽蘭

（以下皆城名）元史薛塔剌海傳稱為（賽蘭）國明史亦列西域國中邱長春西游記賽藍城有回紇王或元初為附庸小部後廢西

域人稱賽而拉乃是賽蘭本音拉施特云塔剌斯賽蘭而拉二處突而克人久居於此蓋本是西突厥故地又云地為海都所轄則是世祖成宗時賽蘭尚未屬朮赤後王也而海都所據之地亦約畧可見

不賽因　别有補傳

八哈剌音

波斯海灣內海島地形狹長近海灣西岸登岸則阿剌比地也元代何王所拓之地無考剌音二字宜併合讀

怯失

波斯海灣島名亦云怯夕與八哈剌音東西相斜向相望大典圖形兩地皆合先為通商大埠唐宋時中國商船常至忽里模子既興怯失乃衰今已廢怯失未興之先海道商賈皆聚於昔剌甫為起兒漫部內城濱海對面即怯失島

八吉打

圖無而元史書法非尋常城邑之名蓋即西使記所謂報達國也憲宗本紀作八哈塔祕史作巴黑塔西人則稱八格達尤與八吉打音近亦曰八達格特即祕史之巴黑塔惕天方教主哈里發所居之城旭里兀西來滅之詳報達傳不賓因後西域旋亂八吉打迭遭兵燹帖木兒西征始定於一其後復亂而土耳其國盛强明嘉靖十五年奪八吉打天啟三年波斯人奪回崇禎十一年仍為土耳其所劉今居民不過數萬人明史外國傳

白葛達宣德元年入貢遭風破舟貢物盡失白葛達當

孫丹尼牙

詢諸波斯使臣謂當作蘇爾灘尼牙蘇爾灘為彼土帝稱尼牙譯義為治所文飾其詞則云都會在可疾云西

有蒙古王墓在境內

即八格達明史言其國崇釋教誤會可笑彼時印度亦多舍牟尼而奉派罕矣

北二百里圖符旭烈兀後王所建城詳合兒班答傳在彼時為國都今城猶存僅一城名而已

忽里模子

波斯海灣東口外島名應在怯失東圖無職方外紀云百爾西亞即波斯南有島曰忽魯謨斯赤道北二十七度地悉是鹽否則琉黄之屬草木不生鳥獸絕迹氣候極熱絕無淡水勺水皆從海外運至其艱如此因其地居三大洲之中亞細亞凡歐羅巴利未亞之富商大賈多聚於此地百貨駢集人煙輻輳凡海內極珍奇難致之物往輒取之如寄即此島也詢之波斯人字音實當作忽爾模斯元史音未盡叶嚴從簡殊域周咨録忽魯謨斯在西南海中東連大山西傍海又曰自古里國十晝夜可至其國傍海地無草木牛羊駝馬皆食

海魚乾形勢甚合

儒略艾說瀛環志畧謂波斯東南隅有惡末嶼古時海舶互市於此今已荒廢惡末即忽里爾模斯子之訛蔑爾母

西人云忽爾模斯名稱亦古本為海濱陸地城名對岸距岸十五華里有小海島先尚荒寂蒙古西來廛市乃盛然元世祖時維尼斯國人謨克波羅自中國西歸航海即由此登陸閱其著書雖言忽爾謨斯並未言是海島後三十年游歷人書則城已移建島上貿易駢闐當其盛時有四萬餘戶今過三百餘戶城亦圮據其所言則不實因時正此島肇興之日厥後明史竟稱為西洋大國蔑爾海嶼名實未符朔方備乘謂旭烈兀建都城於此何據而言不得其解聞盛時有四萬餘戶今不過三百餘戶城亦圮

元黄溍撰海運千戶楊樞墓誌大德五年致用院俾以官本船浮海至西洋遇親王合贊所遣使臣那懷等如京師遂載之以來那懷等朝貢事畢請仍以君護送西還丞相哈剌哈孫如其請以八年發京師十一年乃至其登陸處云忽魯謨思此亦可與西人之說相發明也

泄剌失下

瓦多的上

苦法

圖無城在波斯海灣西北哀甫拉特河西亦古城也其附近有歇拉城後漢書自安息西行至阿蠻國從阿蠻西行至斯賓國（阿蠻見下那哈完的　斯賓別見條支考證中）從斯賓南行度河西南至于羅國九百六十里安息西界極矣自此南乘海乃通大秦西人考于羅即歇拉從斯賓南行度河即度體格力斯哀甫拉特兩河里數合於古羅馬千步一里

本一小國在體格力斯河西圖符中統三年國滅見旭

海魚乾形勢甚合
儒略文龍瀛環志畧謂波斯東南隅有惡末嶼古時海
舶互市於此今已荒廢惡末即忽里模斯之訛蔴爾女
海島明史稱為西洋大國論于海道并不得云西洋朔
分備乘則謂旭烈兀建庭於此俱據島言未得其解

可咱隆 晉楫案此地蓋即杜環經行記所載大食之亞俱羅川
城名近波斯海灣先屬法而斯部内可當如讀喀

設剌子
當曰設剌斯先為法而斯都城郭侃傳劉郁西使記皆
云石羅子國以城名為國名不審因時法而斯已亡

泄剌失
圖在設剌子東今無此城名古亦無考前六十年英人

游歷書云自西而東先經喀咱剌隆再經設剌斯後經咳剌合與大典圖形甚符而字音不符未可遽斷

瓦夕的

圖無窠體格力斯衣甫拉特兩河之中南境有城曰蝸夕特當即瓦夕的

兀乞八剌

圖在毛夕里東南窠八格達城北百餘里昔有城曰亦克八爾阿剌比人考地書稱為兀克八剌方位字音均與圖符聞城已廢而俄圖仍載之稱為亦克八爾

毛夕里

本一小國在體格力斯河西圖符中統三年國滅見旭

烈兀傳俄圖音若毛夕耳他國圖音似木蘇耳

設里汪

圖在兀乞八剌之東案體格力斯河東有支河曰呼耳汪濱河有城亦曰呼耳汪元史地名凡有里字多爲耳字音之變惟呼設二音不合而圖形甚合或者西圖字音變其土語耶

羅耳

本爲國名有大羅耳小羅耳不賽因時羅耳已滅故列之城名中今西圖稱羅里斯單猶突而𡎺斯單印度斯單之例惟今圖在呼耳汪東南而大典圖在東此有徵異然大典地圖僅志方位大概未可規規求合

乞里茫沙杭

今城猶存當亦云克里曼沙罕克里曼沙西域故王名當是建城之王以王名爲城名非古城也自東來趨報達此爲孔道見報達傳

蘭巴撒耳

圖在乞里茫沙杭正東今波斯無此地惟裏海西南隅昔有堡後爲城曰倫白賽耳爲木刺夷酋長所居見木刺夷傳字音相類今波斯人皆知此城應在孫丹尼牙東疑圖有誤

那哈完的

當作那哈溫忒新唐書大食傳阿沒忒曰阿昧東南距陀拔斯單十五日行（唐書原無單字然必係陀拔斯單不可少單字）南沙蘭一

月行北距海二日行居你訶溫多城宜馬羊俗柔寬故大食常游牧於此唐書所紀都盤六國方向程途殊難考合惟阿昧當即西書所載之阿昧尼亞國尼亞與尼牙同義其國本在裏海西南北距海二日行蓋言其北境非指都城阤拔斯單今西圖作達拔里斯單在裏海東南隅方向程途不相上下你訶溫多必是那哈溫忒阿昧尼亞應在那哈溫忒之北唐時或已南徙阿昧為古時大部而久已滅亡分裂漢書安息西有阿蠻國殆必即阿昧

亦思法杭

城為波斯古都亦見西域下傳明史作亦思弗罕

撒瓦

裏海南偏西今城猶存在波斯今都台唱而 蘭城西南一百五十里西域補傳見此城名

柯傷

當日喀傷在亦思法杭北見西域下傳

低廉

裏海西南濱有地名低楞西書謂古有基蘭部低楞爲基蘭部内山地元史低廉當即此案唐書大食傳有岐蘭疑即基蘭然云岐蘭東南二十日行得阿没則不相合應在撒里牙阿模里之西而大典圖在南亦不合詢之波斯人則謂低廉必係低楞之訛

胡瓦耳

當作海瓦耳俄圖音同波斯人云亦有別稱音類哈耳即胡瓦胡瓦耳正哈耳之轉音耳應在阿模里南西模娘西圖形未合

西模娘

當作西模囊在海瓦耳東微偏南圖在胡瓦耳北不合此係古城西域補傳曾見

阿剌模忒

本係木剌夷之寨堡北濱裏海其東則阿模爾今大典圖乃在阿模里西南未合

可疾云

今城猶存可疾當作可斯末一字無合音之字不得已

而以費音二字切合成音圖中位置微有差雾

阿模里

當作阿模爾為馬三德蘭部内省城直裏海正南大典圖形尚合

撒里牙

馬三德蘭部内城近阿模爾今尚存圖形符合為古時達拔里斯單省城本曰撒里末牙字音則語尾所增唐書陀拔斯單或曰陀拔薩憚其國三面阻山北瀕小海居婆里城（陀拔斯單即達拔里斯單）西人考唐書謂婆字當是娑字之誤娑里撒里字異音同城名亦同西人此論未可斥其謬妄

塔米設

裏海東南隅城名圖符阿剌比語曰塔米斯波斯語類乎塔米賽元史作設尚無大異在達拔里斯單部内

賛章

俄圖稱此城音如散簪與元史爲近他國或稱生占在可斯費音西北與圖形符惟孫丹尼牙在南相距不過百里圖乃東西分列相距頗遠與今西圖異位

阿八哈耳

案今西圖應在蘇爾灘尼牙東微偏南與大典圖異城名見西域下傳非始於阿八哈大王也

撒里茫

今曰蘇立曼尼牙猶蘇爾灘尼牙之例蘇立曼爲天方

教人之名名此者甚多報達之哈里發亦有是名何人所建未及博考大典圖形亦未盡合今屬土耳其

朱里章

大典圖形當在裏海東隅今距裏海東隅約百里有朱里章城遺址阿剌比人稱為角兒占或又稱戈而干本河名自東南來入裏海朱里章城以河得名元史元祕史皆有掤掤闌河祕史又有出黑扯連城拖雷曾渡河攻此城裏海東南河道落落可數無同名者惟朱里章河與掤掤闌字音微近出黑扯連亦是掤掤闌之變音疑即此朱里章也

的希思丹

今考西圖當曰的喝以斯單唱以二字併合急讀元史作布由無合音字也大典圖位亦合今為俄波交界

巴耳打阿

西域下傳有阿而俺部在裏海西巴耳夕打阿為從前阿而俺部之都城近苦耳河元末明初帖木兒西來曾駐巴耳夕打阿十日乾隆初年其地叛亂波斯兵討平之城遂燬今其地尚有小村落曰巴耳岱即打阿之變音今屬於俄圖在毛夕里不誤特過於偏西

打耳班

譯義為門蓋裏海西濱北踰高喀斯山之要道古時波斯於此築墻阻高喀斯山北部族來擾之路如中國之

長城打耳班其通行之地也今西圖曰得耳奔特哲別由西域北征阿速欽察即由茲路元史所謂繞寬田吉思海展轉至太和嶺即高喀斯山也大典圖方位甚合

巴某

圖無西人云法而斯部有拔姆城或即巴某棠姆字當讀如吳下俗音不讀作母泰西（凡不同文之國文）文字譯以華音輒不能合由字音不全也然曾以姆字詢波斯人彼謂本國無此字音則恐西人由某字音以致訛拔姆之即巴某宜似可信

塔八辛

圖無案苦唱以斯單部內有此城名亦云塔八三又云

又今西圖依沙不兒東梅而南西有撒剌克思城實應作撒剌黑思即元史本紀之昔剌思祕史蒙文部名地名往往變易末字如格你格思亦作格你格歹巴達克山亦作巴達暘容薛暘以志中先後所紀城名揣其方位合以西地圖撒剌哈歹即撒剌黑思尤爲近似

增朶即是撒剌哈歹之下

塔八斯地有雙城阿剌比人謂雙爲哀音故曰塔八斯

哀因急讀之即爲塔八辛

不思忒

圖在極東南隅益昔義斯單部之首城親征録作不昔

思丹恐有奪字當曰不思忒昔義斯單乃合昔義斯單

祕史作昔思田

法因

圖無西人云苦唱以斯單北境有城曰喀因亦曰法因

昔爲苦唱以斯單首城木剌夷人據之當即此法因

乃沙不耳

圖無審音考地必是曷思麥耳傳之你沙不兒本紀之

匿察兀兒親征錄之你沙兀兒在徒思西明史坤城傳後有你沙兀兒

撒剌哈歹

圖無今波斯國中亦無此合音之城名不得已而摹擬以求合曰今波斯裏海西南有城名雷赫歹或即撒剌哈歹~~及哈達謂城波斯語乘來亦普剌思城不名撒剌~~

哈竟~~斯或即撒剌哈達之~~謂又裏海東南有沙黑陸特城如誤將陸黑二字倒轉即是撒剌哈歹

巴瓦兒的

圖無案元史列傳阿剌瓦而思回鶻八瓦耳氏太祖征西域駐驛八瓦耳之地阿剌瓦而思來降所謂八瓦耳

必即此巴瓦兒的西人云馬魯正西四百數十華里有城曰阿陛費西兒特舊名巴費兒特殆即此城惟太祖西征既渡阿母河即東南行以至印度河未西至馬魯爲有駐驛馬魯以西之事則又恐元史列傳之誤今地已入俄貝勒津譯拜施特書作阿陛攸兒特見本紀補證

麻里兀

圖在巴里黑西北巴里黑即本紀之班勒紇則麻里兀必是馬魯見於本紀為古時名城後漢書安息東界木鹿城號為小安息去洛陽二萬里木鹿即馬魯疆界道里皆不甚差謬新唐書大食傳呼羅珊木鹿人馬魯為呼拉商部內四大城之一傳當云呼羅珊之木鹿人文

義乃明令皆稱為梅而甫正麻里兀之變音貝勒津譯拉施特書作蔑而甫

塔里干

裏海西南有城曰塔密干印度河上游之西北亦有山寨名塔里堪即本紀之塔里寒寨今大典圖在東界則應是塔里寒然南之哥疾甯可不里皆屬篤來帖木兒不應缺此北面波斯城寨名塔里干者頗多未可執一以斷

巴里黑

圖在東界即本紀班勒紇察罕傳板勒紇人西游記作班里缺黑字音西游錄作班城並缺里字音今俄圖稱巴而黑他國地圖或稱巴而克明史坤城傳後亦有把

力黑部

元史譯文證補稿本

元史藝文志補本

此洪文卿侍郎元史譯文證補稿本

據陸文端刻洪書序云文卿以清本屬沈子培比部審即此本惟此本有經世大典地圖並長跋陸本失載尤可貴矣善護之其藏之

張爾田孟劬記

西域書目

火者拉施特兒哀丁省文稱拉施特或曰法在兒烏拉喝拉施特或曰拉施特哀特戴勿來特又曰拉施特哀兒哈克佛哀丁統觀諸說以火者拉施特兒哀丁稱謂為當人多謂其系出猶太波斯之哈馬丹人生於宋理宗淳祐七年即元定宗二年先以醫伎侍西域宗王合贊繼司文誥以其有著作才命修國史盡出先時卷牘資其考覈復命蒙古大臣諳掌故者襄事書成名之曰札米伍特台白兒力克上四字義為全下五字義為史猶言蒙古全史書自敘云合贊汗以今舉國從謨罕默德教而蒙古世系撇不垂統緒及今不紀後將失考擇於廷臣屬以史職辭不敏不悉蒙古事實弗獲命惟命蒙古人博拉丞相為之佐就以諮詢

乃得賅備云云。書名甚長也，今以私意名之曰

元西域史，庶便稱引。書用波斯文，惟鈔本傳世。從前波斯自有文字，自天方教興，滅波斯，遂改從阿剌比文字，即今世所云回回文也。然今天山西北一帶亦從天方教，用其文字，而與波斯文字不免同異，蓋語言異故，文字亦不盡同。使署從官無識阿剌比字者，須由西人譯本繙出，故原書具在而不能譯，亦一憾事。俄、德、英、法皆鈔錄其書，存官書庫。阿剌比文於字之上下加點分音，故迻寫易訛。聞尚有地里志一卷，已久佚矣。又書中牽引天方教，謂蒙古上世同出一源，此書猶蒙古源流之鋪敘釋氏，今並不譯。其書備敘蒙古部族、元帝先系、元太祖一生事迹。此有俄人貝勒津譯本，為得廬山真面。

太宗、定宗、憲宗三朝紀述已畧，西人多彙刪有譯采據云

太宗滅金之事不如元史之詳，定、憲二朝有可據以補證元史者，故今譯多彙書為定、憲本紀補輯，而無

太宗

世祖、成宗二朝尤畧，而西域宗王則自旭烈兀以

至合贊皆各為傳紀事特詳由於身仕宗藩見聞親切也多桑所著旭烈兀以至合贊諸傳皆本其書自合兒班答以下則别取西域人記載文理即大遜於前拉施特相合贊後相其弟合兒班答書成於合兒班答時後為不賽因所殺俱見諸王傳

阿拉哀丁阿塔蔑里克志費尼阿塔為大蔑里克爵名見元史西域志費尼地人以地為名其父巴海勒丁謨罕默德志費尼仕於蒙古元史憲宗元年以阿兒渾充阿母河等處尚書省事法合魯丁佐之法合魯丁即巴海勒丁之異譯志費尼曾侍其父入覲和林旭烈兀西征從軍主文牘報達既平令為地方大吏著有書二

卷前紀太祖末十年及太宗定宗之事畏兀西遼貨勒自彌之事太祖太宗兩世用兵西域之事後半紀旭烈兀滅木剌夷之事書至宋理宗寶祐五年即憲宗七年而止續之者瓦薩甫拉施特紀西域之師為華書所無蓋出於此多桑所紀西域始末亦本之也

瓦薩甫亦西域人名阿卜圖拉字瓦薩甫以字行受知於拉施特兒哀丁以文學薦於宗王合兒班答授之官著書五卷以續志費尼皆紀西域宗藩之事多桑所著宗藩列傳亦本之

訥薩怖夫以切阿剌比人生於訥薩之地故稱之曰訥

薩怖希哈潑哀丁謨罕默德乃其名也先爲喀喻特而堡長官西域故王之子札剌勒丁自印度西歸建國辟爲幕府官太宗之世遣將西征札剌勒丁死爲傳紀之書名西雷土斯蘇爾灘只拉而〔兒〕哀丁忙果必而體西雷土斯釋義爲傳餘詳西域傳中此書亦爲多桑所本阿黎意本阿拉育勒體耳西域毛夕耳部人省文稱阿黎毛夕耳即元史西北地附錄之毛夕里常奉其部主之命使於報達著書首言開闢以來天帝肇生人類皆謨罕默德教中之語末數卷言蒙古入西域而哲別速不台一軍入西域之西北侵角兒只國歷

失兒灣國以踰高喀斯山等事爲備蓋毛夕耳部壤地相接見聞易詳也書名喀密兒伍脫台白兒力克上五字義爲聚下謂史今惟存後六卷藏於法都多桑所紀哲速二將西北進師之事亦多本之以上皆見多桑書內引用書目

阿卜耳嘎錫蒙古人朮赤裔孫明崇禎末年爲鹹海之南機窪部主即元史西北地附錄之花剌子謨地元初西域王之舊都在烏機窪或作其瓦或作基發本城名後以城名爲都名其所著書本於拉施特兒哀丁而舉其大略意在詳論蒙古先世然大率引援天方教語不足憑也書用突厥文名曰適直里意突

而克猶言突厥族譜俄羅斯人戴美桑譯以法文西人無厥字音故突厥轉為突而克當云突而屈

西洋人書目

多桑歐羅巴人不詳其著籍通阿剌比土耳其等文字著有土耳其史蒙古史嘉慶年間成書其蒙古史道光初年重刊於和蘭又重刊於法京巴黎自多桑書出西人考元事者接踵迭起皆稱引多桑先求其書不可得得今英人霍兒渥特書譯之意未安也復譯德人華而甫之書繼於德國藏書官舍假得多桑舊本譯以互校乃知華而甫書好逞臆見引述舊說往

往改易失真霍兒渥特書本於多桑而蒐獵過繁胸無斷制異說叢積輒自矛盾求著作（述）之才於休僕之文亦大難矣書中補傳悉本多桑間引他說拔都西代則華而甫敘述轉詳且多出於西國當時文報記載故亦本之此外又有德人哈木耳著書論蒙古事披沙揀金偶然得寶而已若駙馬帖木耳補傳則本東羅馬書察合台後王補傳則雜采西人所譯西域人著述以繁冗不備載哈木耳識多桑所著西域人名有丁字者多作屋丁謂哀丁之解為信奉教理有丁必有哀若作屋丁則抹煞哀字音矣曾訪波斯使臣其說良然並當云哀而丁以是知元史人名譯音不備也

貝勒津俄羅斯人專譯拉施特之書其書自序謂欲全譯然僅成太祖本紀蒙古部族考數種凡三卷書中本紀補證部族考悉本之又有俄人哀忒蠻書不甚可從詳補證序

太祖本紀譯證

元成宗時西域宗王合贊命拉施特脩史敘述太祖事迹頗詳西人多桑著書采輯其說閒有去取又多羼入元史轉掩盧山真面俄人哀忒蠻書自謂專本拉施特然仍時時羼雜他說其人文理鄙僿譯述多誤但宜節取未足深憑最後乃得俄人貝勒津之書則誠墨守拉施特其自序謂逐句逐段繙譯無淩躐無改易盧山真面一旦豁然拉施特自謂親見本朝譜牒史策依據成書今以元史親征錄元秘史較之則尤與親征錄符合用知親征錄實由脫必赤顏譯出當日全置副本必然頒及宗藩否則夷夏巽文東西異地何以不謀而合若此至其中軼事異聞往往不見他書惟見秘史人名地名部族名又足證秘史音譯之真而秘史異於元史者亦足證其紀敘之失惟西域之師所載事實為自來華書所未見當係脫必赤顏極其簡略而憲宗時西域人志費尼已有著述拉施特取以補入也然記事可以加詳編年不敢立異故拉施特書內年分與元史親征錄相同而多桑所記西域之師則多本志費尼年分遂與史錄不合又以證邱長春西

游記所云辛巳歲帝將兵追算端汗至印度壬午班師爲得實也元史太祖本紀疏簡親征錄加詳而訛奪過多幾難句讀秘史最完善然征伐大事錯謬牽併錢詹事謂論次太祖事迹當於秘史折衷今得此書是非同異皆可證明乃知詹事所言非篤論矣拉施特書屢經傳抄不免奪誤又經重譯抑恐差池繙述不敢文人名地名部族名不輕改音皆懼失真也

自來突厥而屈各族以及蒙兀爾西人稱突而克詢之土耳其使臣則曰突而屈爲突厥之本音土耳其即突厥遺種也蒙古本稱蒙兀見舊唐書室韋傳洪皓松漠紀聞引之朔漠方言尾音有爾字宜輕讀即秘史蒙文之忙豁勒詳蒙古考突厥轄部最廣元世突厥已久滅而西域史猶列蒙古於突厥族類中從其朔也耶律鑄雙溪醉隱集屢言突厥取和林詩注引唐開元闕特勤碑謂諸突厥部之遺俗猶呼其可汗之子弟爲特勤特謹字也涿邪山詩注突厥諸部遺族至今亦呼其磧鹵爲朱邪紅叱撥贊序諸突厥部遺俗呼今之諸色桃花馬爲叱撥後突厥三臺詩注突厥凡征戰惡馬噴馬嘶以爲將敗之徵是元時北

部猶存突厥遺稱皆各有君長不受一共主約束先時乞斛人掠其地繼則北族掠乞斛之地故乞斛築長城以限戎馬乞斛即契丹蒙古稱金亦曰乞斛自哈喇沐漣迄於主兒只界以抵於海哈喇沐漣即黃河主兒只即女直或譯曲兒只而汪古部扼守長城要隘防禦北族迨汪古部主阿剌忽思的斤忽里附於成吉思汗導兵入隘於是長城之險盡失混一宇內天意蓋有屬矣太祖破金得力於汪古歸附觀元史阿剌忽思的斤忽里傳可見自來論金元事者未及此義金之長城見張德輝紀行蒙兀先無文字世系事迹口相傳述無史記以為定論自朵奔巴延至成吉思汗約近四百載部族考云約三百載據庫藏國史及知掌故者參訪合徵之焉朵奔巴延

即元史之脫奔咩哩犍本紀敘帝先系始於此人據此數語觀之當是蒙古國史亦始此人而元史本之也自此以上世系當是傳述得之故元史之世系少而秘史蒙古源流之世系多

相傳古時蒙兀與他族戰全軍覆沒僅遺男女各二人遁入一山斗絕險巇惟一徑通出入而山中壤地寬平水草茂美乃攜牲畜輜重往居名其山曰阿兒格乃衮（義詳氏族考）二男一名腦古（別譯奴庫業元史名腦忽者甚多西人譯忽字音每訛為古為庫或即腦忽）一名乞顏（阿卜兒嘎昔多桑等書音似計洋亦似奇倫貝勤津譯為克顏西人譯乞字音非奇計即克秘史乞牙惕之稱由乞顏而來故知必是乞顏之異譯元帝本姓肇始於此非有秘史及此書孰克知之）乞顏義為奔瀑急流以其膂力邁衆一往無前故以稱名乞顏後裔繁盛稱之曰

乞要特乞顏變音爲乞要曰特者統類之詞也他西書多作訖牙特貝勒津作奇攸特蒙祕史作乞牙惕蒙古源流作卻特輟耕錄作乞要歹博明西齋偶得作碓特北方讀卻如碓輟耕錄之乞要合音即成卻碓尤勝於祕史之乞牙以貝勒津所譯奇攸二字較之乞要爲近元史之奇渥亦乞要二音之變不云奇渥特而云奇渥溫者祕史有脫忽剌特族亦稱脫忽剌溫即是此例然氏族正音應稱奇渥特不應稱溫此元史之可議處元史語解特爲衆詞輟耕錄之歹即特字重讀後世地狹人稠乃謀出山而舊徑蕪塞且苦艱險繼得鐵礦洞穴深邃爰伐木熾炭篝火穴中宰七十牛剖革爲筒鼓風助火鐵石盡鎔衢路遂闢後裔於元旦鍛鐵於爐君與宗親次第捶之著爲典禮自相傳古時蒙兀與他族戰至此未載原書別載於氏族考然下文有蒙兀出阿兒格乃袞一語入後又有氏族復稱乞要特一語皆突如其來閱者不明故據氏族考增入拉施特於此有疑詞見氏族考案隋書突厥傳後魏太武滅沮渠氏阿史那以五百家奔茹茹世居金山工於鐵作金山狀如兜鍪俗呼兜鍪爲突厥因以爲號或云其先國於西海之上爲鄰國所滅男女無少長盡殺之至一男不忍殺刖足斷臂棄大澤中有一牝狼每銜鹿至兒因食之得不死後與狼交狼有孕焉其狼若爲神所憑欻然止於海東山上下有洞穴狼入其中遇得平壤茂草地方二百餘里狼生十男其一姓阿史那氏最賢遂爲君長阿賢設率衆出於穴中語意頗相類恐是蒙古襲突厥語以叙先德祕史謂狼鹿生人爲蒙古鼻祖亦顯拾突厥唾餘捶鐵典禮元史無徵

豈朔漢舊俗惟內廷行之宗親得與而禮官無聞歟抑入中國後舊俗遂廢歟拉施特仕宗藩之朝親見捏鐵典禮載冺烈兀後王傳中當非妄語竊謂唐時已有蒙兀則其世次多歷年所敗於鄰部入山避難事所恒有或與突厥同出一源亦未可知至於化鐵成路則語涉不經然乞要特之姓根據由此又未可以其不經而刪之也餘詳氏族考

蒙兀之出阿兒格乃袞其後人最著稱者曰孛兒特赤那妻子甚多長妻曰郭斡馬拉兒（秘史蒙文作孛兒帖赤那豁阿馬闌勒為狼鹿相配而生人蒙古謂狼曰赤那據此則以狼鹿為名非即獸也辨見秘史注蒙古源流作布爾特齊諾音亦類惟云吐蕃贊博位為臣篡其季子布爾特齊諾渡騰吉斯海東行至拜噶勒江所屬之布爾干噶勒圖納山下必塔地方人衆尊為君長混蒙古於吐蕃非特誇耀華胄且以誇蒙古先世無不奉佛猶之蒙古人入天方教者引天方教人為其祖也拜噶勒湖在今俄羅斯境不當言江布爾干噶勒圖納即秘史之不兒罕合勒敦為元帝先世發祥之地三書相較以西域史為近情）生必特赤干（秘史巴塔赤罕蒙古源流必塔察干以下省文稱源流）必特赤干生特馬徹（秘史塔馬察源流特墨徹克）特馬徹有五子長子曰乞楚蔑兒干（源流作和哩察爾墨爾根與秘史豁里察兒蔑兒干音合此作乞楚譯誤）或謂四子離其兄他從縛木筏以渡河是為朵兒奔一派朵兒奔義謂四也後裔有庫倫撒哈兒者出獵得山牛遇巴牙

兀特人巴牙立克圖乞食以其子易牛肉庫倫撒哈兒挈其子歸後以贈阿闌郭斡故成吉思汗部下巴牙兀特人為世僕者皆此子之後秘史載此二節甚詳世次既異情事亦徵異庫倫撒喀兒疑即鄰蛙鎖豁兒巴牙立克當即馬阿里黑惟秘史為伯牙兀之分族名此為人名亦異源流作瑪哈賚謂是多博墨爾根之連襟則似人名矣乞楚蔑兒干生圖古津博郭羅爾源流阿圖濟木博郭囉爾此奪阿字濟木合音如津木字不讀本音讀如吳下俗音之姆秘史作阿兀站孛羅溫徹異古津博郭羅爾生也客你敦秘史同源流作尼格尼敦秘史也客你敦之父撒里哈察兀源流作撒里噶勒濟圖此無也客你敦生珊鎖赤秘史撏鎖赤源流薩木蘇齊木字讀法見前珊鎖赤生哈里哈爾楚源流同秘史作哈兒出哈里哈爾楚生朶奔巴延元史脫奔咩哩犍秘史朶奔蔑兒干源流多博墨爾根蔑兒干為善射之稱是稱謂非名或其名有巴延而不著也蒙古語巴延富也源流秘史皆多兩代源流博爾濟吉台墨爾根其子鄰喇勒津巴延與此之朶奔巴延字音相近秘史孛兒只吉歹蔑兒干其子脫羅豁勒真無巴延二字此少二代具有訛乎多桑亦引源流以證異說西人稱源流曰薩襄薛珍蓋作者名也阿卜耳嘎錫之書則哈里哈爾楚之下乃多四代字音大異尤不可據朶奔巴延居斡難克魯倫土拉三

河發源之地不兒罕哈勒敦山（原譯不兒哈都字音不全今從祕史）婦阿闌郭斡火魯拉思氏（元史阿闌果火源流阿掄郭斡祕史阿闌豁阿豁之變郭猶哈之變喀當是祕史音叶蒙古語豁阿美也爲婦女之名祕史云因至不兒罕山遂爲豁里剌兒氏此氏名祕史惟一見殆即火魯拉思）生布兒古訥特伯古訥特（祕史音合惟次序倒置見祕史注元史博寒葛答黑博合多撒里直乃是白光所生三子中而二子而誤以爲夫在時所生源流作伯勒克德依伯袞德依譯音較遜而次序相符）此二子後分二派無一至西域者彧云蒙兀本地亦少朶奔巴延早卒阿闌郭斡寡居而孕夫弟及親族疑其有私阿闌郭斡曰天未曉時有白光入自帳頂孔中化爲男子與同寢故有孕且曰我如不耐寡居曷不再醮而爲此曖昧事乎斯蓋天帝降靈欲、生異人也不信請伺察數夕以證我言衆曰諾黎明時果見有光入帳片刻復出衆疑乃釋（祕史但記訓子）

之語源流告其妯娌侍婢等與此畧同元史白光自天窗入化為金色神人來趣臥榻源流謂夢一奇偉男子與共寢好就黼其祕史黃白色人將肚皮摩挲則與陳桱通鑑續編李廷機大方通鑑屢有光明照其腹語意相類

既而舉三子曰不衮哈塔吉其後為哈塔斤氏曰不固撒兒只其後為撒兒助特氏曰孛端察兒其後為孛兒只斤氏孛兒只斤釋義為灰色目睛以與白光之神人同也

三子名氏族名與祕史源流大同小異自以祕史為準孛兒只斤之釋義華書皆無案博囉青也博囉孛兒音近只斤為睛無考拉施特謂是哭厥語據此以祕史源流考之則孛端察兒之曾祖已有孛兒只吉歹之名不應至孛端察兒始稱姓氏西域史則先無孛兒只吉歹之人說較國忽務求源紀古時蒙古人目睛多作栗黃色見多桑書中今西北游牧部人尚多如是灰色睛則近黑矣元史云狀貌奇異則西域史此說亦非無因原書此二節敘述嫌畧據拉施特所著氏族考及多桑書增入

此三子支裔蒙

兀人以其稟受之異稱之曰尼倫釋義為清潔別派則謂為多兒勒斤猶言常人此說華書所無拉施特又云尼倫一派與衆派相較如螺堯之有珍珠樹木之有果實孛端察兒二子長布格次布克台此與華書大異惟源流瑪合圖丹之父曰伯格爾巴圖爾此代人名元史祕史無之巴圖爾為勇號伯格爾即布格則謂未可謂西域史之說悉無稽也祕史孛端察兒別子巴阿里歹即源流之巴噶里台亦即布克台布格子土敦邁寧本紀咩撚篤敦表作咩歷篤敦祕史篾年土敦源流瑪合圖丹此作土敦邁寧誤倒較以元史祕史則布格一代應是把林失亦剌禿合必赤拉施特自謂親見國家金字譜牒而歧異如此殆不可解又多桑引薩囊薛珍云布丹察爾生三子曰巴噶哩台曰亦察郭兒圖曰哈必齊巴圖爾哈必齊子為伯格爾巴圖爾孫為瑪合圖丹今案蒙古源流云布丹察爾將伊所生之子命名巴噶哩台汗之後裔哈必齊巴圖爾無亦察郭兒圖之名聞西人云薩囊薛珍一書華文譯述遺漏頗多或不妄也今以多桑所引三子之名

刪去台字以巴噶里亦察郭兒圖哈必齊十二字合讀之與祕史之把林失亦剌禿合必赤元史之八林昔黑剌禿合必畜字音甚類或一人而誤分為三或三人而誤合為一顯然疑實凡此異說皆無從論斷矣布克台子納臣或謂泰亦赤兀為納臣後然國史明言泰亦赤兀為扯勒黑領昆後國史不言納臣事迹惟言其姪海都值札剌亦兒之難納臣救之其後居地相近而納臣後人與泰亦赤兀同居一處故致訛也此節足證祕史族派之是惟祕史納臣為篾年土敦子海都為篾年土敦孫此書世序不符土敦邁寧為成吉思汗七世祖蒙古兀稱七世祖曰都答昆七世祖以上無專稱統稱阿勒赤根額不干土敦邁寧生九子而辛元史謂八子祕史七子其妻莫奴倫亦稱莫奴倫塔兒袞義謂

有力居於諾賽兒吉及黑山之地元史莫拏倫，祕史作那真莫倫，得此可證元史之是。諾賽兒吉地名無考。黑山見張德輝紀行。畜牧饒富，每登山以觀牡畜遍野，顧而樂之。時有扎剌亦兒部族居克魯倫河濱，以車為闌，每一千車為一庫倫庫倫義為圈子，共有庫倫七十，常恃其衆，與乞解戰爭。乞解遣大軍至，扎剌亦兒人藐視之，隔河而招速，請過河取我牡畜。然乞解軍盛，來筏渡河，大敗其衆，俘戮無算此乞解查遼史當是遼。有敗衆以七十車載老幼，逃至莫奴倫牧地，飢困，掘速都遜草根為食餓人狄買拉譯速都遜之名，謂即人參草，恐不足憑，以是地多坎窞。莫奴倫見之，謂我子孫牧地，何得踐擾，以是致爭鬭，莫奴倫及其子皆被害，復

[illegible][illegible]其人[illegible][illegible]被害幼子海都之伯叔納臣娶肯布特氏女居婦家復云海都亦娶肯布特氏女肯布特當是巴兒忽特之訛聞難來視則惟海都被匿得免其後率族眾攻札剌亦兒人取為奴僕海都遷於巴兒忽真土窟姆秘史蒙文卷六有此地名姆作木為蒙兀之外界造路於河上通往來名曰海都亦拉勒姆納陳則居斡難河此節足證為元史之證秘史蔑年土敦七子名氏後皆全確然有誤海都為成吉思汗六世祖蒙兀稱攸兒吉生三子長子拜桑古兒元史拜姓忽兒秘史伯升豁兒多黑升源流星和爾多克新次子扯勒黑領昆為泰亦赤兀之祖領昆為乞解官名因地與乞解鄰故用其稱號蒙兀語訛為領忽史表察剌罕寧兒秘史察剌孩領忽得此愈知秘史

譯音之審案遼史百官志小部族詳穩司之下有令穩蓋即領昆遼之官名始見於此世代約略可知且知部族尚小也生數子長莎兒郭都魯赤那秘史則謂想昆必勒格與托邁乃汗同時其子俺巴該繼哈不勒汗之位為金主所殺原書皆稱乞解阿勒壇汗蒙古語也今省文稱金主俺巴該繼哈不勒汗之位見於秘史原書此後又有異詞蓋傳聞各殊以致自相矛盾今據秘史存此而刪其後之異詞俺巴該子哈丹太石秘史作合答安太子哈丹太石子布答與成吉思汗同時泰亦赤兀族有塔兒忽台哈拉兒禿克原注下五字為妬忌貪吝之解秘史字音大同小異為阿達爾罕之子與成吉思汗為仇又塔兒忽台同祖弟兀忽力兒把阿禿兒錄謂同父的兄弟盎庫兀庫楚即元史之部長沆忽也親征錄亦有阿忽兀忽出皆為泰亦赤兀部長泰亦赤兀分各派雖合

為一而部長不一扯勒黑領昆於其凡拜桑古兒卒後娶其嫂復生二子此見秘史惟子名不同曰更都赤那謂義為雄狼烏魯克勒赤那謂義為母狼其後人為赤尼思氏亦曰努古思詳氏族考也速該在時泰亦赤兀族人亦歸統轄卒後叛去而赤尼思族仍附於成吉思汗十三翼之戰與有力焉

案秘史蒙文卷九雄狼曰堅都赤那

海都三子抄真下文亦稱抄真烏兒古斯疑是抄真斡兒怗該之訛見秘史其後為阿力干氏無考珊竹特氏此見元史秘史有失主兀歹似即珊竹特惟所出異又有晃豁壇氏亦為所出抄真有子都兒魯亦圖行路甚速鼻孔出聲因稱晃豁壇秘史謂抄真六子其後人姓氏與此不符惟晃豁壇有之蓋其拜桑古兒為然拖拉施特所著氏族考說又大異作史兼采眾說而不加或致前後矛盾也

成吉思汗五世祖蒙兀稱布達烏庫爾其子托邁乃為四世祖（元史敦必乃秘史屯必乃源流作托木巴該譯音益遠史表拜姓忽兒二子曰敦必乃曰直拏斯此與秘史皆無直拏斯細富字音蓋即拉勒黑領昆收嫂為妻所生二子之後上文云赤尼思即赤那思變音見氏族考）蒙兀稱布塔禿爾有九子（子才為史表敦必乃六子之證特增三子耳秘史只二子而茂年土敦七子大卒史表敦必乃六子之名據此可證其誤）皆聰明武勇後裔各為支派丁口蕃盛前五子皆正室生六子以下庶出長子札克蘇其後為那塔勤氏烏魯特氏忙兀特氏（表葛朮虎此作札克蘇對音那塔勤即那牙勤下文亦作那牙勤史表作那哈合兒烏魯忙古二族元史元人文集皆謂剌真八都兒之後即秘史之納臣拉施特所聞殆以為誤）札克蘇長子布倫布倫長子朮赤治朮赤治長子麥兒吉歹麥兒吉歹

長子烏嗒必姬與成吉思汗之子共嬉戲托邁乃次子八林昔剌禿合朱未言後人氏族史表名異八林昔剌禿合必赤之名乃見於此秘史人異其子烏勒姆烏勒姆長子察丹札爾察丹札爾長子台柱台柱長子乞班尼與成吉思汗之子共嬉戲三子哈出里其後為巴魯剌思氏表作合產說同駙馬帖木兒傳亦載先世哈出里與哈不勒汗為兄弟此足徵元史之是祕史之非哈出里長子愛兒敦竺巴魯剌祕史有額兒點圖巴魯剌當即其人愛兒敦竺長子脫丹祕史有脫朶延巴剌魯脫丹長子朮徹野朮徹野長子攸洛堪哈力赤與成汗吉思汗之子共嬉戲四子撒姆哈準其後為阿答兒斤氏表作葛赤温祕史有合赤温此作哈準音同惟增撒姆字音史表敍阿答里急即阿答兒斤也姆

字從吳下俗音撒姆哈準長子阿答兒茂兒干阿答兒長子那伏袞那伏袞長子呼古呼古長子布拉桂與成吉思汗之子共嬉戲五子博歹阿庫兒格其後為博歹阿特氏表作合剌剌歹與秘史合闌歹音同此異惟博歹阿特氏則與表之博歹阿替秘史之不答安愓皆同其長子庫兒根茂兒干庫兒根長子塔力古台塔力古台長子火力台火力台長子乞兒吉歹與成吉思汗之子共嬉戲以上皆正妻出六子哈不勒汗七子烏圖爾伯顏其後為朱里耶特氏未言後人若照秘史字音應作沼兀里耶即元史之照烈秘史此氏族所出異八子布端察兒都呆黑闌其後為都呆黑剌特氏十三翼之戰與有力焉此處未言後人氏族據氏族考補入秘史納臣之後有朵

谿剌歹氏或即此餘見十三翼戰事注九子乞牙台斡赤斤後為亦速特氏西域史於別速氏皆作亦速祕史別速氏所出與異氏族考又作撼兀台與乞牙台字音微異凡都邁乃之後皆附從成吉思汗間有離者後亦來服哈不勒汗為成吉思汗三世祖蒙兀稱伊侖赤格其後人氏族復有乞要勒特之稱詳氏族考長子烏勤巴兒哈合烏勤為女子之稱以貌美故人以是稱之武備志韃靼方言女曰[illegible]琴即烏勤其子涉兒哈禿月兒克其孫薛徹別乞是為乞要勒特月兒斤氏史表稟斤八剌哈哈其子孫為岳里斤祕史斡勤巴兒哈合其後為主兒乞西人譯乞字每訛克後亦作月兒乞月兒乞主兒乞岳里斤月兒斤主兒斤實一氏也親征錄亦作月兒斤祕史先作忽禿墨黑禿主兒乞係誤詳卷一注次把兒壇把阿禿兒從祕史字音今

奥國之馬加部寔是東方族類即元史之馬札兒其人稱巴圖爾音如把阿秃兒足見秘史譯字必非率爾操觚

三忽秃黑秃蒙古兒有子名泰出秘史薛徹別姬泰出同父此異表作忽都魯咩聶兀四合丹把阿秃兒表合丹八都兒秘史合答安五忽都剌哈汗長子拙赤罕率部下千人從成吉思汗次子阿勒壇叛附王汗本紀忽都剌表忽魯剌罕秘史忽闌剌合圖剌合罕秘史尚有次子吉兒馬兀此無六徒丹斡赤斤表拙端斡赤斤秘史脫朵延斡惕赤斤又史表秘史皆有忽蘭而此無之

哈不勒汗威望甚盛統轄蒙兀全部是時始有汗號本紀於葛不律下獨加寒字即汗也金主聞其名召至禮遇甚優金人多詭計哈不勒汗常恐飲食中毒筵宴時每托詞沐浴而離席嘔吐食物乃復入席眾皆驚其飲食啖過人一日

酒醉鼓掌歡躍捋金主鬚廷臣怒其失禮金主不怒而笑哈不勒汗惶恐謝罪金主謂小過釋不問仍厚贈遣歸金之大臣謂縱此人將為邊患遣使要以返哈不勒汗不從辭意强横金主再遣使往哈不勒汗他往以避之使者歸遇諸塗挾以入朝中道遇其諳達好友也賽亦柱歹告之故賽亦柱歹謂彼無好意因贈良馬俾乘間遁脱比至夜金使以索縶其足不得遁次日晝時始得間疾馳而返金使追至哈不勒汗婦蔑台火魯剌思氏居金使於自居之新帳哈不勒汗告其婦及其部衆不殺此輩我不免於難汝等不助我則我先殺汝等衆諸

殺金使未幾哈不勒汗病卒哈不勒汗六子出一母母曰呼阿忽郭斡耶（翁）吉拉特氏上文淺台武是側室其弟賽因特斤遘疾聘塔塔兒巫者乞兒奇兒布圖依治之不効而卒殺巫者塔塔兒人怒以是搆兵哈不勒汗六子助母族與塔塔兒戰於貝闌色叀澗端之地合丹把阿禿兒刺塔塔兒酋木禿兒把阿禿兒中其鞍及其馬木禿兒墜騎致傷醫治一載始愈繼戰於彼刺伊拉克復戰於開爾伊拉克木禿兒究為合丹所殺其後俺巴該娶婦於塔塔兒祕史云嫁女部人乘機報怨併烏勤巴兒哈合擒之以獻於金金主正以殺使為忿乃製木驢釘之於驢背

實是兩次省文併為一次

金設此刑以治遠人之不服者將臨刑俺巴該遣從人布勒格赤秘史卷一作巴剌合赤別速氏即此人也告金主曰汝非能以武力獲我乃藉他人之手又置我於非刑我死則合丹太石布塔答忽都剌哈汗也速該把阿禿兒父子必復汝仇金主曰汝為此言可以告汝族眾我不畏也縱布勒格赤予以馬使歸馬不良於行過朵兒奔部請假馬不允步行歸告族眾會議復仇以忽都剌為汗入金界敗其兵大掠而歸多桑謂忽都剌敗金金與議和而退在西歷一千一百四十七年不惟蒙古人言之華書亦載之蓋續綱目據大金國志所紀宋高宗紹興十七年金熙宗皇統七年之事綱目云蒙古益强兀朮討之連年不能克乃議和割西平河北二十七團寨與之歲遺牛羊米豆且冊其長敖羅孛極烈為

蒙輔國王不受自號大蒙古國熱羅孛極烈自稱祖元皇帝改元天興又案續綱目紀興七年亦紀金伐蒙古萬戶胡沙虎粮盡而返蒙古追襲之大敗其衆於海嶺亦出大金國志兩役相距十年據多桑言則後役也祕史於忽都剌獨稱合罕西域史亦然合罕即可汗為帝稱自稱皇帝之說雖有可徵惟忽都剌與熱羅孛極烈字音不類案金史百官志勃極烈之次有國論忽魯勃極烈與熱羅孛極烈音叶當是先時金授蒙古之爵非其名綱目之言未晰改元天興一說宋孟珙疑之蓋蒙古先時不識漢字無符璽文書改元建號將安用之說見蒙達備錄蒙輔當是蒙兀之訛方輿紀要謂西平河即臚朐河以地勢度之當是也

忽都剌哈汗最勇蒙兀有歌曲稱其聲音洪大隔七嶺猶聞之力能折人為兩截每食能盡一羊日者獨出臂鷹而獵遇朵兒奔人欺其無從者追捕之忽都剌逃馬陷於淖自馬背躍登彼岸追追者去乃拔馬於淖乘以歸家人

始聞信以為必死其婦獨不謂然既而果歸且曰我今出獵而徒手以歸無以對衆復入衆兒奔牧羣驅其馬以返也速該等已設筵祭奠見其無恙則大喜撤祭筵共享其婦以為我言不謬把兒壇把阿禿兒為成吉思汗之祖蒙兀稱頟不干長妻蘇尼吉兒夫人巴兒古氏即巴兒忽長子蒙格禿乞顔秘史音同史表蒙哥睹黑顏源流孟格圖徹長又西域史云蒙格禿班黖也項間有大班黖故名元史語解孟格圖癔也解同有子甚多長者曰程克索特率蒙格禿乞顔族衆以助十三翼之戰程克索特亦為氏族名疑即秘史卷四之敝失場兀惕有二子曰古亦塞諾延曰莫克圖把阿禿兒今此族人大半在哥卜察克從托克托即虎兀

赤後王脫脫亦有在可汗處服官者此可汗指成宗把兒壇次子捏坤太石太石之稱出於乞解表聶昆太司源流詢衮秦實祕史捏坤太子遠史百官志大部族某部大臣之下有太師即此表作太司音叶作太子音亦近惟與僻居相混史謀多作太石今從之其家子火察兒能射遠也速該卒後火察兒仍從成吉思汗甚盡力後攻塔塔兒以違令奪其所掠遂叛附王汗而害成吉思汗王汗敗復入乃蠻其後伏誅故此派人無多捏坤太石有孫布衮札甫嘎特成吉思汗獲之以與察合台令其後人尚從察合台後王把兒壇三子也速該為乞約特孛兒只斤氏也速該子大率皮色黃目睛灰色四子答里台斡赤斤先離成吉思汗而

從泰亦赤兀繼歸成吉思汗後又附王汗最後入乃蠻後與阿勒壇火察兒同伏誅據秘史所云似未被殺成吉思汗以其子答納兒比耶及從人二百畀與哈準子伊兒乞歹今其後人仍在伊兒乞歹後王麾下史表答里真其子大納耶耶即此急咸蠻譯作答納兒亦大納耶耶音益近奈與答力台又有後人曰布爾罕從旭烈兀至西域不能與親王并並坐旭烈兀謂諸王年少當即指旭烈兀之子布爾罕可以并並坐布爾罕子庫魯克又有布拉兒赤乞納要特在阿爾渾麾下張大益亦答力台後人也速該為成吉思汗父蒙兀稱父曰額赤格長妻諤倫夫人亦稱諤倫兀額格為罕翁吉剌分族斡勒忽訥特

氏譯倫之義為雲曰夫人者乞解之稱也（史錄皆作太后月倫今改鄂楞與秘史訶額倫音合源流作烏格楞秘史謂奪之於蔑兒乞源流謂奪之於塔塔爾人而親征錄西域史不載意元時宣付史館刪去此事或出訛傳故國史不采源流云鄂勒郭諾特氏秘史斡勒忽訥氏秘史音是翁吉剌分族詳氏族考）生四子無女女皆異母出長子成吉思汗次拙赤哈薩兒三哈準四帖木哥斡赤斤又有子別勒格台與母出人異視之不與四子等（原文此下歷紀太祖四弟後系及太祖長女今別記於後以清眉目別勒格台母名秘史不載衣或蠻譯西域史稱其名曰塔喀或衣可忽信源流謂是原配所生恐誤又源流尚有伯克特爾秘史作別克帖兒皆謂太祖與哈薩兒殺之或是國史諱言故不載）帝生於豬年合黑蚩拉歷五百四十九年至五百六十二年又為豬年是年也速該卒（以下皆從元史稱帝省文黑蚩拉歷即天

方歷西域史及地著錄無不謂太祖生於猪年死於猪年父親亦在猪年得壽七十三歲與元史祕史親征錄不同文繁别為考附後據此則太祖生於紹興二十五年乙亥十三歲烈祖崩為孝宗乾道三年丁亥也祕史源流皆謂烈祖為塔塔兒毒死親征錄西域史不載當是國史諱言先時蒙兀不請歷算故帝誕生月日無知之者惟今可汗指成宗暨近戚大臣皆知帝壽足七十二歲未足七十三歲而崩亦猪年在秋月中甫過望日以此推之亦當生於年中當猪年時也述該戰敗塔塔兒獲其二酋曰帖木真兀格曰庫魯不花親征錄帖木真斡怯忽魯不花祕史帖木真兀格忽里不花回軍駐於迭温布兒答克之地親征錄跌里温盤陀山祕史迭里温孛勒答黑山祕史音是西人譯黑字音每重讀成克華書謂山名西域史謂地名或此處以山名為地名也俄羅斯人訪查其地在斡難河右岸今

地名猶如故在昺克阿拉耳河洲之上十四華里適謼倫額格生子手握凝血色如肝而堅面目有光因名曰帖木真以志武功也也速該韃尼倫各族衆畏服之然同族有隱忌者蒙兀俗諺謂族人如蠍語有由也故其卒後事變即生帝自幼年至四十一歲疊遭危難國史叙述甚畧復不依時序紀事至四十一歲始循編年之例故早年事迹不能甚詳今自也速該卒之猪年起至虎年止宋光宗紹熙五年甲寅凡二十八年據國史紀事如下帝十三歲遭父喪居於斡難克魯倫兩河間地時主泰亦赤兀部者塔兒忽台哈剌兒禿克忽力兒把阿禿兒錄作忽憐拔都族衆盛强欺帝之

幼而他族亦多叛從泰亦赤兀帝族人最年長者曰脱端火兒真史錄脱端火兒真秘史作脱朵延吉兒帖下三字音未確史錄皆謂近侍秘史蒙文列入泰亦赤兀族內當以史錄之言為是亦將叛去帝哀留之不從答以蒙兀俗語詞意決絕不顧而去即所謂水已涸石已碎等語也謌倫額格自持秃克史錄所謂麾旗也秘史蒙文作秃黑即秃克昔時蒙古無旗幟但繫馬尾於竿所謂旄纛是也秘史卷七蒙文秃黑解為旄纛甚是卷二解未是丙寅太祖即位建九斿白旗蓋是九尾西域史稱為九脚旗率眾追叛者列陣而戰乃有多眾還歸觀元史畏答兒傳則國有不去者非真子遺母子數人也秘史所言似乎太過又謂因祭祀茶飯不與口角起衅類乎野史口吻察勒哈喀額不干腦後中矢即史錄之察剌海秘史作察剌合老人額不干即老人之解中槍中矢說異帝視其傷察勒哈喀曰汝父去世而諸族叛離

我力阻之以致重傷帝哭而出察勒嗒哈創甚旋卒原注旭烈兀阿八哈時在西域者有伊爾帖木兒布兒庫特特亦乞兒哥三人皆察勒嗒哈後人是時緊接上文與史錄同其實中間相隔多年可見脫必赤顏原文東西同本札只剌特部長札木哈邑長錄與秘史皆作札答蘭此仍作札只剌從其原稱也見秘史卷一元史字乞傳亦作札赤剌歹邑長即秘史薛禪聰明之謂部人給古察兒居於烏拉該布拉克秘史給察兒此多古字音史錄乞台察兒秘史斡列該不剌合地西史錄玉律哥泉秘史音叶蒙古謂泉為布拉克秘史不剌合亦即布拉克特未明注泉字耳與帝之牧地撒里客額兒相近客格兒為額顏兒之誤見秘史史錄薛涼格河[illegible]謂土兀剌河[illegible]平野之地札剌亦兒人拙赤术塔兒茂勒牧於是地親征錄秘史字音皆相類原注札剌亦兒人即為海都俘為奴僕有給古察兒來掠其馬拙赤塔兒茂勒匿馬羣中佯臥

俟其行近射之死扎木哈以為怨遂與泰亦赤兀合附又有亦乞剌思特那牙勤火魯剌思錄作八魯剌思又錄有巴鄰無此皆合兵先是原文此處詞意含糊似太祖被掠即此合兵後事親征詳叙此節極明晰必無遺漏或西域史之誤或譯者之誤皆不可知而鎖兒干失剌之救太祖即為下文赤老温來歸張本亦不可以不記或親征錄記於後而西域史移於前也因加先是以期與史錄相符原文無之詳述於此

帝屢阨於泰亦赤兀有一次為掠去桎其項速兒思人鎖爾兒干失剌救之獲免詳見速兒思氏族考數年之久歷遇艱險天佑安全而部族來歸者且日眾及是扎木哈與泰亦赤兀等部集兵三萬將乘不備來攻捏坤者亦乞剌思人也錄作捏羣其子孛徒

帝故其父亦歸心焉時兵在古魯之地（錄云至是自曲鄰居山達人告變祕史則謂太祖在古連勒古之地以此書較之錄為是曲鄰居與古魯皆古連勒古之變音又以祕史為是）有巴魯刺思人木勒客脱塔黑二人先以事來今將歸（即元史孛禿傳之磨里禿禿錄之慕哥而祕史字音最合更有孛羅勒歹此失載又誤分木勒客脱塔黑為二人至敘事情節則較華書為詳）捏坤乘其便遣來告變踰阿剌烏特禿拉烏特兩山中僻逕而至（行逕與錄同）帝時在答闌巴勒朱思之地聞警亟集所部數千眾分千人百人十人共為十三古闌（錄稱十三翼祕史蒙文稱古列顏暢解為圈子每即此古闌又庫倫義為圈子古闌實即庫倫各處方言有異音耳）昔時游牧部族皆圍合為一圈子酋長則居圈子中第一翼（從錄稱翼省文）為諤倫額格幷其

族斡勒忽闌人即斡勒忽訥之變文二翼為帝及帝之子弟與其從人并各族之子弟照親征錄已有三翼此異三翼為撒姆哈準之後人布拉柱把阿禿兒見前又有客拉亦特之分族人又阿答兒斤人將曰木忽兒忽闌又火魯剌思人將曰察魯哈此翼詳見親征錄哈準即哈初來布拉柱即奔搭出木忽兒忽闌錄作木兒忽好闌誤將忽兒二字倒置察魯哈當即察忽蘭錄為部名紇考未西著述無此部名或誤以人名為部名也惟禿不哥逸敦之名未見客亦特與哥逸敦音近思昆西域史誤以人名為族名下文木忽兒忽闌與上文布拉柱皆阿答兒斤人細玩親征錄文義以合此書當是奔搭出哥逸敦與木忽兒以紇阿答兒斤部察忽蘭紇火魯剌部則說皆圓矣四翼為蘇兒嘎圖諾延之子得林赤並其弟火力台及博歹阿特人錄之迭良即此之得林赤不答合即博歹阿乃族名非人名惟蘇兒嘎圖與鮮明昆

字音難合五六翼為莎兒哈禿月兒乞之子薛徹別乞幷其從兄弟泰出及扎剌亦兒人莎兒哈禿人原注莎兒哈禿爲身上有記號之謂乞約特月兒斤即莎兒哈禿族內案莎兒哈禿月兒乞爲人名見上既稱月兒斤氏不應復稱莎兒哈禿親征錄此翼有扎剌兒部即扎剌亦兒又有阿哈部從未見此部名或即莎兒哈禿之訛不可知矣又錄之七翼忽都徒忙納兒之子云云無可揣合案上文泰出之父爲忽禿黑禿蒙古兒與忽都徒忙納兒音類默子名仍不能揣合也七翼為涯禿助忽都朶端乞原注乞約要特人及其麾下錄之十翼爲忽蘭脫端未知即此人否也八翼為蒙格禿乞顏之子程克索特及其弟皆為帝之從兄弟又巴牙兀特人酋日翁古兒錄之七翼有蒙哥怯只兒哥上三字或即蒙格禿乞顏而有奪文又祕史卷四乞顏種的人蒙格禿云云證以此書疑祕史有誤詳祕史注九翼為答里台斡赤

斤及捏坤太石子火察兒族人達魯并都黑剌特努古思火兒罕撒哈夷特委神諸部此即錄之第六翼惟增達魯人名委神部名忽都蘭當即都黑剌而誤倒都忽二字訥古思即努古思火魯罕即火兒罕撒哈弟直即撒哈夷特夷誤作弟委神即元史之許兀慎輟耕錄蒙古七十二種有忽神亦即委神也十翼為忽都剌哈汗之子拙赤汗及其從人十一翼為阿勒壇亦忽都剌子此二翼與錄全合十二翼為答忽把阿哈禿兒及晃火攸特人速容特人此翼無考二族名亦無考惟秘史有速容即此族名詳秘史注更都赤那烏魯克勤赤那之後人努古思人此翼可證親征錄之末翼具云建都赤納則更都赤那之訛也玉律二都則烏魯二部之訛也敵踰阿剌烏特禿剌烏特二山而至戰於答闌巴勒朱思史錄作答闌版朱思

音同秘史作答闌巴勒朱惕末字變文為蒙古文法卷九又引此役作巴勒渚納此是渾爾名太祖與王汗戰遁至渾爾飲水誓衆元史所謂班朱尼河是也此乃地名且多答闌二字必非一地或秘史卷九主惕誤作渚納也哀忒鑾云答闌為平地之解

帝軍雖寡而大勝敵衆於是兀魯兀特布魯特二族來服布魯特氏只此一見中西諸書俱無可考又云二族之首亦此二名亦無考案忙兀部亦於是時歸附疑布魯特為忙兀之訛近戰地有河多林木帝令以七十鑊烹俘虜此與史錄皆謂太祖勝然則秘史謂太祖敗者誤也秘史謂札木哈煮人錄謂札木哈敗走半途烹狼夫一時安得有如許之狼供七十二竈之食恐是取譬泰亦赤兀等人而譯者誤會史官又嫌其凶慘托諸彼軍也此事後來傳入俄羅斯故俄史亦載蒙古烹人之事亦指太祖

泰亦赤兀等族既敗避而之林木中散居此語與史錄之泰赤烏地廣民衆而內無統紀相類而相異未知孰是

朱里耶人居地與帝近一日皆出獵遇於烏者兒哲兒

們山（錄有斡斡札勒馬思之野哲兒們即札勒馬惟上數字不能合音未詳孰是）設圍相值朱里耶人四百以糗糧鍋帳不給已歸其半帝堅要以同宿俟次日再獵既分與飲食次日獵復驅獸向之俾其多獲朱里耶人感之私相謂曰泰亦赤兀薄待我等帖木真與我素疏乃如是厚我真人君之度也歸途稱頌不已其酋烏魯克把阿禿兒（即錄之玉律拔都）謀於別酋馬喝亦東巴答訥欲來從（錄云馬兒牙答納此書）馬喝亦東巴答訥曰泰亦赤兀何惡於我同為宗族何為棄彼就此烏魯克把阿禿兒乃與圖該烏魯（即史錄之圖海答魯此書音誤又誤分為二人）自率所部來歸

謂我等之來如無夫之婦無主之馬無牧之牛羊所以然者由我舊主長母之子虐害我也貝勒津譯語不可解哀忒蠻所譯與親征錄一致今從之長母之子一語只能如此譯述若用俗語則太太云大太太之子故棄而來從帝曰我似熟寐汝捽我髮以覺我又托我頦以起我即凡坐撚鬚而起一語之異譯我當悉力以助汝矣然其後朱里耶人復叛去圖該烏魯為忽敦忽兒章所殺朱里耶部自是渙散親征錄謂族人忽敦忽兒章怨塔海答魯反側殺之元史為泰赤烏部人所殺秘史卷五蒙文泰亦赤兀族內有豁敦斡兒長之人是為泰亦赤兀人無疑西域史乃謂蔑兒乞人其誤顯然故刪文原文下云朱里耶酋長札木哈色辰成吉思汗曾約為諳達案西域史誤以朱里耶與札只剌為一部辨見氏族考此處刪去而附識其誤諸族皆謂泰亦赤兀無道帖木真衣人

以已衣乘人以已馬能來其衆以撫其下皆相率欲附速兒都思人鎖兒干失剌曾脱帝於難其子赤老温把阿禿兒原譯赤老根與亦速特人即別速特哲別本在泰亦赤兀部長酋哈丹太石之子布答靡下至是赤老温來附哲別則因泰亦赤兀既敗遁山林中無所得食力乏亦降錄謂實以力窮故也即此詳見亦速氏族考及哲別傳巴鄰部長述兒哥圖額不干史錄秘史名字大同小異并其子納牙句阿剌黑秘史納牙阿阿剌黑巴擒泰亦赤兀酋阿忽朱把阿禿兒即錄之忽阿失拔都詳親征錄注塔兒忽台哈剌兒禿克將來獻貝勒津注地名文已不辨崇秘史親征錄皆載此地名字青相類中道復縱之去惟父子來歸上云巳擒蓋十三翼戰後未久

之事錄與祕史皆載此事祕史尤詳惟誤繫於濶亦田戰後札剌亦兒分族朵郎吉部長朮只兒角海可為史錄之證分族詳氏族考朮只角兒海即錄之搠只魯鈔亦率所部至朵朗古特辛古特之地歸於帝地名無可徵考惟祕史卷四蒙文有古列勒古朵脫剌桑古兒字音有相類處或即此地其後帝奉謌倫額格及朮赤哈薩兒斡赤斤諾延與月兒斤諸族大會於斡難河濱林中主酒者旣行酒於薛徹別乞母忽兒真哈敦復行酒於其次母也別該忽兒真見也別該之酒不與衆同故怒以掌撻主膳者薛徹兒原文譯述不甚了了研究再三乃是妬酒之異同而非爭行酒之先後史錄謂共置一囊獨置一囊其說當是祕史爭先後之說殆非也別該祕史作額別該此作那母該必悞今改正薛徹兒與失乞兒失乞兀兒音

類錄云笞祕史云打此云掌撻與祕史相類薛徹兒哭而言曰也速該捏坤太石去世以致受人之辱帝母子不怒亦不言此語為諸書所無然理應有也別勒格台時掌帝馬播魯掌薛徹別乞之馬哈答斤人哈答克貝為播魯之從者哈答克貝之名諸書所無史錄作播里祕史作不里此作播魯亦同惟云播魯為泰亦赤兀人光悞祕史云是主兒乞氏見於卷一當是也故刪來盜馬韁原文云別勒格台掌成吉思汗赤老溫馬何以云赤老溫不可解閱祕史蒙文赤勒不兒為馬韁之解乃恍然於赤老溫之悞不同文之書譯述之難如此別勒格台執之播魯袒護從者斫別勒格台破肩流血左右皆怒別勒格台曰我傷未甚不可由我致隙然眾怒不可遏折樹枝互鬬勝之奪忽兒真火里真二哈敦祕史作豁里真火兀兒臣此書作火兒真秃侖

赤一不悮一悮今依親征錄書之薛徹別乞等歸而絶好繼復遣人議和返二哈敦金主遣丞相攻遂塔塔兒叛酋摩勒蘇里徒與史錄秘史字音大同小異帝聞之思乘此復前仇自斡難河起師招月兒斤來助待六日不至乃率麾下迎擊至渥勒佐當即秘史語勒札河之訛殺摩勒蘇里徒掠獲甚衆得嬰兒銀搖車及車中金繡被秘史大珠被錄大珠衾此纖異原注當日蒙古人素所未見詫為珍異金丞相擬其功授帝為察兀惕忽里史錄皆作察兀忽魯秘史譯文作札兀忽里蒙文則作札兀惕忽里惕忽合音如禿故此書作察兀禿里惕字不當去詳秘史注同時亦授客列亦部長脫忽魯兒為王秘史客列亦音類史錄皆謂王汗名脫里亦作脫憐秘史則作脫斡鄰勒此作脫忽魯兒雖微悮然可證秘史譯音確而且備餘詳氏族考事定欲與月兒斤人

修好餽以俘獲月兒斤殺十人奪五十人之衣騎帝怒曰昔者傷我別勒格台與修好而不從今又與我之敵相合而陵我引衆越沙漠至朵闌布勒答克之地攻敗其衆薛徹別乞泰出以其妻孥遁去史錄謂帝麾下為乃蠻所掠徵兵起衅秘史謂落後老小營被掠起衅此云餽俘起衅三說各異元史師兵踰沙漠攻之秘史與錄無是語此独與本紀合帝語亦與錄合朵闌布勒答克地名詳親征錄注帝時年四十是為甲寅虎年案完顏襄北伐見金史當即塔塔兒之役合紀傳考之乃是丙辰年事為甲寅後二年詳親征錄注元初無史官太祖本紀為後來追憶著錄年分未可盡憑也是年王汗弟札罕不及客刺亦分族董喀亦部人來歸錄與秘史更有禿別干即土伯夷部來歸此失載此下有太祖與戰一語案錄與秘史皆謂太祖與札合敢不迎禦蔑兒乞此處原文或有奪悞故訛為帝與札罕不戰也其下更

有後仍以歸王汗一語王汗既來舊部多歸舊主應有之義祕史等書失載附識於此兔年為黑黃拉歷五百九十一年至豬年為五百九十九年自兔年起豬年止凡九年丁卯至癸亥也速該與王汗交好常拯其難帝亦稱之為父王汗祖默兒忽斯有二子長忽兒察忽思不亦魯黑汗次古兒罕拉施特原注此是人名非喀喇乞解之古兒汗不可悞混忽兒察忽思生數子曰脫忽魯兒即王汗曰額兒客哈喇曰札罕不本名乞[illegible]謀幼時為唐古特所獲受封而得是稱人遂呼以為名此節華書所無札罕不即唐書吐蕃傳之贊博二音較諸音尤為得真諸史錄祕史又有別子數人王汗於父卒後殺其弟台帖木兒太石布哈帖木兒見祕史卷七蒙文太石作太子布哈作不花及同

族弟兄數人云原文字已不辨其叔古兒罕來攻兵敗失國奔於也速該也速該逐古兒罕入合申即西夏王汗復國以是感德約為語達額兒客哈喇以王汗多殺戮宗族避之乃蠻亦難赤汗亦難赤助以兵逐王汗王汗歷三國錄與秘史皆謂三城而城名皆無考至哈喇乞解依於古兒汗既聞帝益盛強乃東走途中資用之竭僅遺五羊飲其乳餐駱駝之肉龍年行至庫思古兒淖爾近帝居地錄云曲薛兀兒澤秘史古泄兀兒海子音皆合文下云先時王汗與也速該曾同住是地又云王汗至淖爾在克魯倫河這邊帝在河那邊則此淖爾似當在克魯倫河南或在西今名無考帝聞即遣禿該即錄之塔海秘史之塔孩蘇該即錄之雪也垓秘史之速客該原譯悞以為王汗所遣今据華書改正迎致之王汗以飢

按蒙古人稱漢人曰曩嘉歹此南紀牙即曩嘉之長音字也

合申為河西主兒只為漢人南紀牙為南人

困告帝令已部振給是年秋會宴於河上原注河名字已不辨多桑
謂是土拉河考諸親征錄與祕史是也錄云後秋蓋是秋後之意非謂次年秋哈剌温乞卜察
勒之地重訂父子之好地名無考哈剌温疑是哈剌屯之悞見祕史卷五蒙文冬
合兵攻月兒斤時薛徹別乞泰出等衆散居於帖列禿
阿馬撒剌之地錄作帖列徒無下四字祕史音全此書上三字作塔剌因係悞據祕史改正
兵至殺之蛇年親征錄作次年秋帝在霍拉思布拉思之地地名
無考原文云地在克魯倫河近色棱嘎河之處親征錄則云發兵哈剌哈河率兵攻兀都亦
特蔑兒乞戰於孟察之地即莫那察山之變音大俘獲悉以賜王
汗馬年錄無年分但云其後王汗勢漸振不謀於帝自率所部攻
蔑兒乞於不兀剌客額兒原作不竭兒客額兒下又作不克兒據祕史親征錄改正殺

托克塔長子土古思別乞托克塔為脫黑脫阿之變音史錄皆作脫脫掠忽禿黑台察勒渾二女二名一與祕史合一與錄合又獲其次子忽圖赤老溫俘虜甚多而無所遺於帝托克塔奔巴兒古真原注在色棱嘎河那邊蒙古有巴兒古特族居是地至今地名未改業今屬俄羅斯地其名仍舊羊年錄無年但云後帝與王汗合兵攻乃蠻乃蠻主亦難赤汗先卒二子曰太陽汗曰不亦魯黑汗太陽汗名太亦布哈受金封爵為大王故曰大王汗蒙兀人訛為太陽汗乃蠻有古出魯黑不亦魯黑之稱號稱義詳氏族考故其弟曰不亦魯黑汗祕史稱古出古敦不亦魯黑則古出古敦當為其名昆弟交惡分國而治此得一解始明太祖之敗乃蠻先後兩役之故多桑謂其帝弟轄境在北近阿爾泰山其兄轄地在南近沙漠亦當是也

征不亦魯黑戰於乞濕沕巴失之地西域水道記噶勒札爾巴什淖爾又日赫色勒巴什水道提綱畏隆古河豬為奇薩爾巴思鄂模鄂模即淖爾畏隆古即烏隆古皆在阿爾泰山一帶祕史云起過阿勒台山追至乃龍古河又至乞濕沕巴失海子地名地形卷合史錄作黑辛八石之野當是淖爾近地亦以湖名為名俄羅斯地圖烏隆古河所注之淖爾其北百餘里有科則勒塔斯山亦即乞濕沕巴失之音大勝其衆不亦魯黑逃於侃侃助特即元史之謙謙州詳西北地附錄釋地其將也迪土卜魯黑原譯哀迪土克魯黑微悞据祕史改正錄作也的脫孛魯奇国西域史謂是身上七種記號之解為突厥語先勝不亦魯黑後擒前鋒與親征錄敘述如出一手率一隊為前鋒為帝軍困逼避走入山而馬鞍轉墜兵追及擒之是冬不亦魯黑將可克薛古撒卜剌黑祕史音同惟乃訛古史錄作曲薛吾撒八剌悞作二人拉施特謂上四字義為瘵病之聲下四字為名率衆至

遇於拜答剌黑巴勒赤列之地錄拜答剌邊只兒秘史巴亦答剌黑別勒赤列亦作赤兒書音類惟誤別為巴拉施特云昔時乃蠻王娶汪古部女拜答剌黑結婚於巴勒赤列之地蒙古遂并人名地名為稱或僅稱拜答剌黑鋒始交而日已暮各於戰地駐營待明日戰王汗多燃火於營而潛移其衆他從謂移營於貝亨郭潤蘇山錄與秘史皆謂移於哈剌泄兀勒河恐譯文有誤札木哈從帝軍語與秘史異與錄同天曉時望王汗旗幟而馳至此語惟錄有之而錄尤明晰謂之曰汝知我族人如寒暑異棲之鳥乎將他適矣我如白翎久棲不去我先曾告汝也王汗麾下宿將兀卜赤兒古鄰把阿禿兒秘史作兀卜赤黑台下同史錄作古憐拉施特云上四字為一種紅果名婦女取以醋面古鄰面赤故以是稱之[illegible]帝亦曾用此果染面聞而斥之曰既為宗族又為諳

達如此謂之奚可哉然王汗信其言引去於是托克塔之二子忽圖赤剌温乘機叛去而歸合於父帝見王汗不謀而去因曰我今在火坑中而王汗棄我秘史有做燒飯般撇了一語此云火坑殆由於此亦退至撒里客額兒王汗至塔塔兒土霍勒之地錄云土兀剌河此異恐悞伊勒哈鮮昆札罕不同至也迭兒阿爾泰之地其地有河多林木錄作也迭而揑台河秘史亦有額垤兒阿勒台而謂帝自此退軍恐秘史悞可克薛古撒卜剌黑自後追及奪其眷屬輜重秘史有桑昆妻子錄失載又至帖列禿阿馬撒剌之地掠王汗部民畜牧而去原文上三字亦作塔剌因與上同悞秘史此處又作帖列格禿鮮昆札罕不奔告王汗王汗令鮮昆追敵又令人乞援

於帝曰乃蠻俘掠我衆我子能以四良將助我乎帝即遣博爾朮諸延木訶里國王木華黎封王在後而此處已稱國王可見脫必赤顏原本如是祕史作木合里此作訶字音可見史稱木華黎音未甚合孛兒忽勒諸延即博爾忽赤老溫把阿禿兒往援未至而鮮昆已敗續其將的斤火里台亦土兒干約塔黑被殺此足證親征錄詳見錄注鮮昆馬傷幾被擒而四將至當博爾朮來時乞帝良馬曰赤乞布拉帝允之且戒曰是不可鞭如欲速行但以鞭擦其鬣比至見鮮昆告缺馬亟以己騎與乘而自乘帝馬屢鞭之不進忽憶帝戒揚鞭擦鬣即疾馳如電既敗乃蠻盡返所奪以歸王汗王汗大悅使告帝曰曩者衣食乏絕而我

子帖木真極之飽我之餒衣我之裸今又亟我之難若此若我不知何以為報純與親征錄同又名博爾朮往時博爾朮在帝營執弓守衛以弓付人而自往謁王汗餽以衣一襲金樽十原稱們忽兒原注們忽兒為器具名較酒盃為大博爾朮受之歸見帝以離職守自請罪帝獎其勞今受餽此節所記多為華書所無是冬聞克塔復出巴兒古真將謀為變帝與弟朮赤哈薩兒共議恐非實信且料其無能為姑置之錄有不會告崖地名未見親征錄謂上率兵復脫討脫脫後上與弟哈撒兒討乃蠻至忽蘭盞側山大敗之於是乃蠻勢弱等語元史語同案此後太陽汗之戰實是大敵不得云弱或此役為不同亦魯黑也然西域史全無是事卻亦見哈薩兒之名秘史於帝討平諸部之事猴年春庚申年楊鐵崖正統辨謂是太祖建國之年敘次多訛亦無可考

帝與王汗會於撒里客額兒時托克塔已遣忽敦忽兒章此處亦悞為弟悞分為二人其糾合泰亦赤兀首長盎庫兀庫楚忽里兒把阿禿兒忽都答兒塔兒忽台哈剌兒禿克等共會於斡難河沙漠中帝與王汗兵至敗之追及於恩古特禿剌思之地錄作月良禿剌思竊意本名尤是烏良兀特禿剌思譯音皆未全也殺塔兒忽台忽都答兒較錄少二人名盎庫兀庫楚忽敦忽兒章逃入巴兒古真忽里兒逃乃蠻泰亦赤兀至是始滅哈答斤撒兒助特二部本與帝不協附於泰亦赤兀拉施特云帝與札木哈先曾遣使勸以歸附語意甚與大致謂蒙古不同族者已皆來附既況為同族二部不從撻使者面逐之至是益畏懼聞泰亦赤兀滅亡益不自安乃與朵兒奔塔塔兒弘吉剌

剌特等部會於阿雷布拉克即錄之阿雷泉貝勒津漏譯據哀忒蠻書增入殺牛一羊一馬一而爲誓誓語甚贅不錄將潛兵來攻弘吉剌部特因色辰爲捘陳諾延之文遣使告變帝與王汗自虎敦淖爾起師至捕魚兒淖爾特因色辰來合與諸部數戰卒大勝虎敦淖爾即史錄之虎圖澤云近斡難河無考然必在西捕魚兒淖爾即錄之盃亦烈川即今之貝爾淖爾在東自此帝駐於東以後戰事皆在東方可以考地是冬王汗自克魯倫河往忽八海牙部衆隨之其弟札罕不與王汗將阿勒屯阿速克史錄捘敦阿速此與秘史音叶伊勒忽禿兒史錄燕火脫兒秘史額勒忽禿兒伊兒晃火兒史錄延晃火兒忽勒巴爾元史秘史忽勒巴里錄渾八力謀曰吾兄王汗心性無恒多殺害骨肉迫而投哈剌乞解

我輩其可久依之乎阿勒屯阿速克泄其言王汗執伊勒忽禿兒伊兒晃火兒縛至帳下王汗責伊勒忽禿兒曰執二人而責一人與親征錄同吾等自唐古特來中途作何語而遽背之乎我不與汝等同也唾其面帳中人亦共唾之阿勒屯阿速克曰我惟不願棄故主故泄此謀原文譯述畧異不得其故幸有親征錄可以意揣而譯之札罕不與伊勒忽禿兒伊兒晃火兒納鄰太石原文更有納鄰脫忽魯兒同奔諸書無徵附誌於此皆奔乃蠻先遣人告太陽汗曰阿勒屯阿速克讒於吾兄王汗故我等來奔願盡心力以事新主乃蠻受之此數語諸書未見是冬王汗駐忽八海牙帝駐乞解界上察哈察兒即史錄之徹徹兒山案蒙古稱

花音如徹徹猶云花山地　率兵攻蔑兒乞酋阿勒剌兀近金界可以考訂地都兒泰亦赤兀酋哈罕太石塔塔兒二酋察忽兒向開兒伯克袁哀忒蠻譯作開兒伯克兒案上三人足證親征錄惟末一人名大異又錄皆謂塔塔兒部長此乃有蔑兒乞泰亦赤兀是時四酋聚合一處阿勒剌兀都侯必部族考可互證兒為之長帝與戰於答蘭捏木兒格思敗之札赤哈薩兒未與斯役聞哲別言錄哲不哥蓋即秘史之者卜客此作哲別誤昂吉剌部畔去不告於帝自率所部往攻帝聞而責之昂吉剌以無端被兵為怨遂合於札木哈雞年翁吉剌特亦乞剌思火魯剌思朵兒奔塔塔兒哈答斤撒兒助特諸部會於刊河秘史音同史錄作犍河案今俄羅斯地圖額爾古訥河東有旱河在呼倫淖爾東北約三百里水道提綱云克魯倫河又折正北流有振河自東南合活輪河等五水西北流來會內府輿圖作根河根也振也旱也犍也刊也皆譯音之異

秘史云順額兒古捏河至於刋沐漣必即此河
札木哈舊居額兒古捏河見秘史而諸部皆在額兒古
捏之南北行與議立札木哈為古兒汗蒙古語古兒普
合故曰順也也猶云統轄之
汗西遼之古多桑謂巴兒渚納淖爾之
兒汗義同自此至禿拉河北有禿拉河當即此河然
史錄作禿律別兒河字舉足蹋河岸揮刀斬林木而為
音未全協不可為據
誓曰孰洩此謀如頽土如斷木遂潛師而來有火力台
者聞其謀以語其妻舅火魯剌思人麥兒吉台麥兒吉
台謂宜速往告變予以翦耳之白馬錄云蒼夜經一古
驢白馬
闊所謂圈子是也其將曰忽蘭把阿禿兒貝勒津云槐因人泰
亦赤兀部內業槐因
為樹林所謂林木中百姓泰亦赤
兀敗亡餘眾散居樹林故有是稱其警夜之將曰哈剌
蔑兒乞歹秘云是火魯剌思人
恐有訛見而執之然是人亦

心附於帝贈以己之黑馬錄云獺色馬謂乘此庶可以脫追
者火力台又行遇別隊載札木哈白帳者欲執之疾馳
得脫至帝處發其謀帝即起師迎戰於亦提大兒罕之
地大破其衆札木哈遁翁吉剌部來降此節足證親征錄惟抄本兒爲

必塔海哈海謀於抄音兒一節麥兒吉台或即錄之也速該或是出烈台抄兀四上三字之訛錄云家人火力台此節似誤

吾愛首功見於紀傳僅云火力台[illegible]兒吉台似
是錄孛也速該亦提火兒罕即海剌兒帖尼火魯罕而
奪上三字音多桑謂元史作哈里雅爾台和囉噶之地
與拉施特語大異多桑蓋但見元史改本未見原本也
此役無王汗蓋不及約會秘史牽併紀之種種錯悞而
告變之人僅舉一火力台則與此同又雞兒年三字可
爲引據貝勒津譯述此節不甚
明晰兼采多桑哀忒蠻所譯

地在刊河之南海剌兒正河名帖尼支河名火魯罕蒙古語謂小河詳親征錄注

犬年此壬戌史錄自此始有紀年帝自
兀魯回失魯楚兒只特河史錄兀魯回失連真秘史卷五兀勒灰河失魯格勒只惕
地面此皆云河與史錄同字[illegible]與秘史合
是案帝自庚申年駐東未返舊居則此河亦當在東水
道提綱克魯倫河上名烏爾虎河源出索岳爾濟山西南三百里許經烏米穆秦左
翼東六十里折而西流合色野爾濟河南合音札哈河賀爾洪河入右翼界至
克勒河之地蒙古游牧記烏珠穆沁左翼牧地當索岳爾濟山西有鄂爾虎
河繞其跡收匯於和里圖卓爾……

河形與俄圖畧同提綱所云不盡符合惟亦無滙入之淖爾[illegible]貝爾淖爾之源曰喀爾喀河之東源有哈[illegible]
[illegible]滿合兒渾河西行有活兒活河自南來會哈爾[illegible]
[illegible]兒活皆與兀魯回音叶考諸俄羅斯圖哈兒渾河在[illegible]
[illegible]廿八度之中[illegible]桑謂是河在四十七度則當是也

又虞集句容郡王世勳碑也只里王爲叛王火魯哈孫所攻王從成宗移師援之敗諸兀魯灰還至哈剌溫山夜渡貴列河敗叛王哈丹之軍盡得遼左諸部兀魯灰[illegible]即此河與哈剌溫山相近與遼東亦近

率師攻察罕塔塔兒按赤塔塔兒二部拉施特謂塔塔兒共六部詳氏族考禁止臨陣掠物俟事畢均分阿勒壇火察兒答力台斡赤斤違令帝令虎必來哲別奪其所掠以分於衆三人由是懷恨思畔是年秋乃蠻酋不亦魯黑汗蔑兒乞酋托克塔別乞錄於此處亦稱脫脫別吉撒兒助特酋阿忽出把阿禿兒衛剌特酋忽都哈別乞暨朵兒奔哈答斤諸部大合衆來攻帝與王汗先遣人於貴亦即捏干貴因都撒克撒兒即撒兒赤兒海即赤忽兒黑三地詳見錄注乘高瞭望自與王汗離兀魯回失魯

楚兒只特河向汪古部地以行近哈剌溫赤敦當即史之阿蘭塞是山距近金東北界野狐嶺不邊見前後注王汗子鮮昆在邊外從而後行及山隘蹄隘即汪古部界而不亦魯黑已至見鮮昆軍謂其下曰此衆可聚而殲也遣阿忽出把阿禿兒此處又云是哈答斤人哀忒巒則謂率及托克塔別乞之弟忽都拉施特謂托克塔子忽都弟亦都曰忽為前鋒猶未戰而鮮昆軍已過山隘至汪古部地乃蠻等軍從之以巫術致風雪云以石子置水中則雨雪案方觀承松漠草詩注云蒙古西域祈雨以楂達石浸水中咒之輒驗楂達生駝羊腹中圓者如卵扁者如虎脛在腎似鸜鵒嘴者良色有黃白駝羊有此則漸羸瘠生剖得者尤靈然風反吹雨雪敵不能進遂自山隘退回行至奎騰之地即闊亦田之異文案元史語解曰奎騰冷也是地本

蒙古游牧記蘇尼特左翼旗東北四十里有寒山蒙古名奎騰似即是地

寒又遇雨雪故皆僵凍合秘史觀之此役敵兵士馬僵未戰而潰史錄謂大戰於闕奕壇恐非是也凍紛墜山澗不復能成列札木哈率衆來應見事敗即退掠諸部之先立己為汗者繼乃歸於帝哀咸蠻云即掠哈答斤等部乘敗劫奪說亦中情札木哈應歸於王汗而此云帝可疑以上所紀皆可證明史錄雖情節間有不詳而考地之功則發華書所未發

帝與王汗同駐阿剌兒之地冬帝駐阿兒郤宏哥兒之地原書是地為古時翁吉剌特駐冬之地冬無水以雪為水其後呼必賚可汗敗阿里不哥於昔木兒台亦距阿兒郤宏哥兒不遠又多桑日蒙古謂水島為阿剌兒案元史語解阿剌勒水中島也多桑說當不謬阿兒郤宏哥兒當即錄之阿不禮闕惑哥兒多多桑云在沙漠中離哈喇溫赤敦不遠案元史世祖敗阿里不哥於昔木土腦兒史不詳言其地今稱羅斯地圖獨石口東北四百里多倫淖爾正北二百里有沙博爾台淖爾似即昔木土之轉音沙博爾台東北不及百里為達賴淖爾蒙古游牧記阿巴哈納爾右翼

蒙古游牧記作西巴爾台謂是泥濼在蘇尼特右翼東南六十里[illegible]翼東南六十四里有

我骸骨聚置一處錄云垂老遺骸莫得汝欲為汝善為安寢彼文而此質也
之莫天佑汝汝可禱祀以求也言畢甚以為憂鮮昆陰
遣人燒帝牧地之草可證史錄猪年鮮昆與諸人講偽許婚
遣烏黑台昆察特邀帝赴宴錄云不花台乞察此微異原書云乃蠻人稱之曰布哈烏
拉蒙古稱之為昆察特哀忒蠻譯作海
察特與乞察畧近惟贅增二人不可從帝即往從二人
當是十人路經蒙力克額赤格之居宿其帳中蒙力克謂不
可往宜以馬瘦道遠為詞遣使代往帝從之即自歸王
汗又子謀不成欲乘不備掩襲王汗之臣哀客扯闌即也
客扯連錄作也可察合蘭歸告其妻阿剌黑因特且曰此時如有人
往告不知帖木真若何酬之矣其妻戒以慎言毋使人

聞以爲實阿剌黑因特見秘史亦悞作因錄云其子亦剌罕必是其妻阿剌黑而悞其子亦剌罕蒙文回文亦阿二字常互悞適牧人乞失力克原悞乞爲庫送馬湩至帳外聞是語以告其侶巴歹巴歹往覘則哀客壯闌子巴鄰苦延當如秘史作納鄰客延在帳外礪箭鏃聞父母之語而曰汝等自泄機密事乃欲人爲瘖啞乎巴歹告失力克曰信矣即乘夜來告原注今有貨勒自彌答剌罕土蠻答剌汗薩塔克答剌罕皆此二人之後裔帝亟移營向失魯楚兒只特山路以去然則上文作河名而悞也分軍於卯溫都爾山後瞭望王汗兵自卯溫都爾之路觀秘史則王汗兵在山前行故瞭望者無所見至紅柳林中蒙兀稱烏闌不兒罕當如秘史作忽剌安不剌合明茅元儀武備志韃靼方言紅曰伏剌棠柳曰補兒哈可證錄作忽剌河卜

魯哈音近，惟稱二山係悞。蒙古游牧記克什克騰旗西
南四十三里有漠海恩都爾山，栗克什克騰牧地，當潢
河之源，蒙古曰西喇木倫，所謂西遼河是也，在多倫淖爾濟山西南
爾東北不遠，與上文諸地近合。漠海合音如卯，秘史蒙
文亦作卯兒。義謂伊兒吉乃之從者泰出欽黑乃句牙
不好，温都爾謂高。
都兒正牧馬伊兒吉乃秘史作阿勒赤乃，哈準子，帝姪。伊阿二音互悞，蒙回文同，秘史作赤吉乃。
牙的兒錄作泰出也迭兒，以此較之，則秘史作泰字音
錄奪吉乃音，原譯欽黑乃，悞屬下一人名，今改正。
見敵，至亟馳告帝。時駐哈蘭真額列特秘史作合剌合勒只惕額列惕。
上五字合音為哈蘭真，下三字為沙陀之解。錄作合蘭
只甚，叶惟史，錄皆移於後，秘史叙此戰甚分明。
日出時，倉卒備戰事錄所謂日銜山也，慮衆寡不敵，謀於諸將。
烏魯特將朮赤台以鞭擦馬鬣而無言，忙兀特將忽亦
兒答兒奮然請先進，謂當出敵之背，樹我幟於奎騰之

山不幸陣没有三子在惟我主憐之（不意元史畏答兒傳乃得此左證秘史叙戰事雖亦有札赤台傳為證而未盡確也）諸將亦奮謂雖衆寡不敵或得邀天祐忽亦兒答兒為前鋒先敗只兒斤部為王汗部下最勇卒繼敗豁里失列門太石為王汗大將攻至中軍鮮昆奮勇來戰矢傷其面王汗乃斂兵罷戰此役為帝一生有名戰事蒙兀人至今稱道之哈蘭真額列特地近乞解國界（此數語當是拉施特自注）然王汗軍勢仍盛帝見不敵亟引退退後部衆涣散帝乃避往巴兒渚納是地有數小河而是時氷涸流濁僅可飲渾水帝慷慨酌水與從者誓當日從者無多稱之曰巴兒渚特延賞及後

俄羅斯界內

世焉史錄言班朱尼河飲水誓衆在遣使後秘史同此在戰後獨異然觀札八兒傳似戰後即至此矣秘史稱為海子考之俄圖呼倫淖爾西諾北東南[illegible][illegible]斡難河北有巴兒渚納泊俄音似巴勒赤[illegible]泊北有河曰圖拉通入音果達河就俄圖觀之河泊不相連屬或水漲時通入於河或近地尚有小河而圖未載故史錄以為河名俄人游歷至此謂其地多林木宜駐夏可避兵蒙古人尚指是地為成吉思汗避難處也巴兒渚納為淖爾名秘史獨是既而渙散將士漸來遇帝於至鄂爾河原書謂河在哈兒達克哈特地界為禿竟格察爾後王部地案西域史之禿達察爾即世祖朝之塔察爾為斡赤斤大王之後孫子分地在客魯倫河東即長春西游記可稽俄羅斯按圖黑龍江東界客倫即地有烏努爾果勒河果勒之義謂山亦謂水以華文言直曰烏努爾河字音相合下文云哈勒哈河則在烏努河之南偏西考其行程先西北行至巴兒渚納以避兵繼乃東行偏南至此河繼又南行至或哈當合河後又北行揣測求合或當是也數其衆得四千六百人分兩隊沿哈勒哈河兩岸溯上流以行每隊二

烏努爾河西流合北流入海拉兒河會而西入枯倫淖爾水道提綱海拉兒河作開拉里無烏努河有本

補：哈勒哈河今日喀爾喀河入捕魚兒淖爾今曰貝爾淖爾

千三百人帝自率一隊彼岸之隊為烏魯忙兀等衆與親征錄悉合行及翁吉剌特分部之酋帖兒格阿蔑勒駐地秘史音叶錄作帖木哥阿蠻秘史此卷及卷五皆作兩人錄似一人此書亦一人又別見於氏族考帝遣使謂之曰我等本為語達當云姻親今如相從則情好如舊不則以兵相見於是帖兒格阿蔑勒來附帝遂駐於董嘎淖爾脫兒哈火魯罕是地有湖有河水草茂美因以休息士馬遣阿兒海者溫謂王汗曰阿兒海者溫為一人與秘史異詳氏族考我今駐董格淖爾脫兒哈火魯罕水草皆足矣父王汗昔汝叔古兒罕責汝謂我兄忽兒察忽思不亦魯黑汗之位不我與而汝自據之汝又殺塔帖木兒太石不花

俄羅

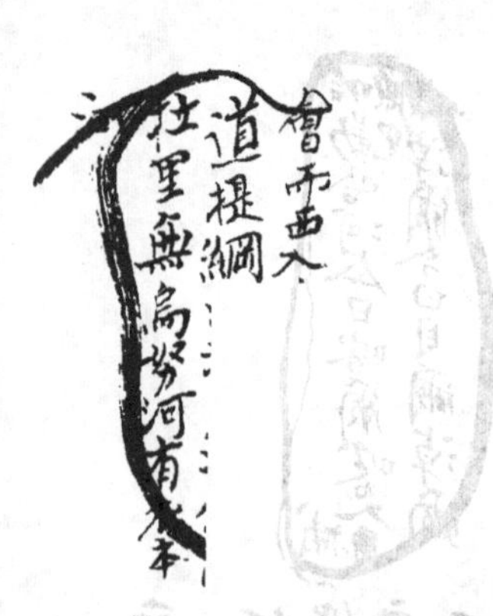

下云沿哈勒哈河溯爾流岸上流行則是自西北向東南巴児諸納正在西北行程可按而知鄂爾哈勒哈河今曰喀爾喀入捕魚兒淖爾今曰貝爾淖爾所謂鄂爾河必近哈勒哈河必在西北案俄羅斯地圖捕魚兒淖爾與枯倫淖爾一水相通曰烏爾順河或即此鄂爾奪順字音又烏爾順河東北支流曰鄂爾渾河惟俄圖有之水道提綱及内府輿圖皆不載或即此鄂爾而奪渾字音揣測求合當不外是

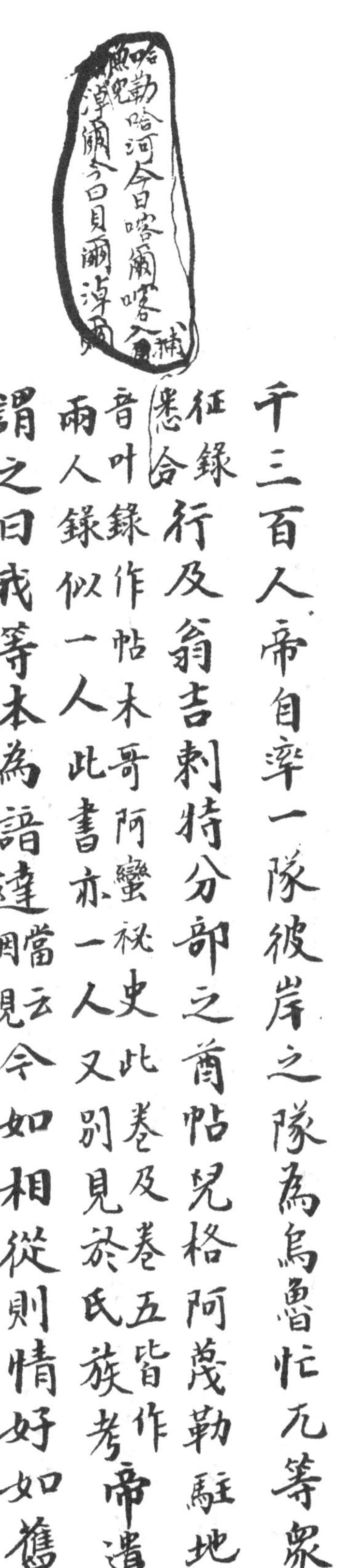

哈勒哈河今日喀爾喀入[illegible]補
魚兒濼爾今日貝爾淖爾

千三百人帝自率一隊彼岸之隊為烏魯忙兀等衆與親
征錄行及翁吉剌特分部之酋帖兒格阿蔑勒駐地祕史
悉合音叶錄作帖木哥阿蠻祕史此卷及卷五皆作兩人錄似一人此書亦一人又別見於氏族考帝遣使
謂之曰我等本為語達當云姻親今如相從則情好如舊不
則以兵相見於是帖兒格阿蔑勒來附帝遂駐於董嘎
淖爾脫兒哈火魯罕是地有湖有河水草茂美因以休
息士馬遣阿兒海者溫謂王汗曰阿兒海者溫為一人與祕史異詳氏族考
我今駐董格淖爾脫兒哈火魯罕水草皆足矣父王汗
昔汝叔古兒罕責汝謂我兄忽兒察忽思不亦魯黑汗
之位不我與而汝自據之汝又殺塔帖木兒太石不花

帖木兒二弟古兒罕乃逐汝至哈剌溫哈卜察（哈卜察義為狹）
隘汝僅遺數人相從（當是百人）斯時救汝者何人乃我父也
泰亦赤兀之兀都兒富延（貝勒津譯兀都兒諾延哀忒蠻譯都兒富延秘史作忽難
而人名未全錄作兀都兒吾難即兀都兒富延互較而訂正之）十（八哈只）人則率兵無多（秘史全悞）
汝往哈剌不花（即錄之阿剌不花下有又往某處注云原文字已不辨）又往土拉
壇禿朗古特（即錄之禿烈壇禿靈古）後至哈卜察爾（即阿不札）而至古
蘇兒淖爾（即曲笑兒澤）以遇汝叔古兒罕其時古兒罕在忽
兒奔塔剌速特（錄有塔剌速秘史作忽兒班帖列速惕字音全備）勢敗而遁僅
餘二三十人自此入合申不復返我父奪古兒罕之國
以復於汝由是結為按答我遂尊汝為父此有德於汝

者一也再者文王汗汝避居於日入之地隱没於中遼西在西故汝弟札罕不在察富古特之地云是乞解地即錄所云漠塞也我舉帽招之大聲呼之以致彼來彼欲來而蔑兒乞迫之使不得來我令我兄弟自蔑兒乞中救之始得從察富古特之地以來乃救彼之人旋為被殺之人則我又以汝故而殺我兄弟二人此為誰薛徹別乞我兄泰出勒我弟此有德於汝者二也多桑哀忒蠻譯謂薛徹泰出往救與元史同貝勒津所譯有費解語而二人往救之意渾含言中入後數語則為親征錄獨得之證用知史錄互言各異而有本則同泰出之名此處獨增尾音尤為錄中魯字確證合三人譯本以史錄疏通之或無大謬然上文記事與帝此言不能處處吻合也再者文王汗汝如雲中日影緩緩而升如火燄緩

緩而騰以来就我我不及半日而使汝得食不及一月而使汝得衣人問此何以故汝宜告之曰在木里察克速兒（哀忒鑾譯此名與秘史木魯徹薛兀勒最叶惟增克字即史錄木那察之役）大掠蔑兒乞之輜重牧畜悉以與汝故不及半日而飢者飽不及一月而裸者衣此有德於汝者三也曩者蔑兒乞在不兀剌客額兒（原譯音悞詳前）我使人往覘托克塔虛實汝知有機可乘不告於我而自進兵虜忽秃黑台哈敦察勒渾哈敦並其子忽圖赤老温取其輿魯思（原書皆以忽圖為弟見前注輿魯思解為國亦為部落産業）而無絲毫遺我汝後與我共攻乃蠻在拜答剌黑別勒赤兒之地（此處別字音不悞）忽圖赤老温率其部

衆離汝而去，可克薛古撒卜剌黑遂掠汝之與魯思，我令博爾朮、木訶里、孛兒忽勒、赤老温盡奪之歸，以致於汝，此有德於汝者四也。昔者我等在哈剌河濱，與忽剌安必兒答禿兀特相近之卓兒格兒痕山（録云哈剌哈山谷，此云哈剌河，微異，以下皆可考明，録地詳親征録注），彼此明約，如有毒牙之蛇在我二人中經過，我二人必不爲所中傷，必以唇舌互相剖訴，未剖訴之先，不可遽離。令有人於我二人搆讒，汝並未詢察而即離我，何也？再者，父王汗，我如鷙鳥，自赤兒古山飛越捕魚兒淖爾（即録之赤兒黑山盃而澤。案赤忽兒忽山近捕魚兒淖爾，當即此山。秘史卷一也速該遇德薛禪，亦在赤忽兒古，是知譯忽譯古皆無不可，皆非定音），擒灰色藍色足之鶻以致於汝，此鶻爲誰？朵兒奔、塔塔兒諸人是也。我又如藍色之鷹恐是海東青之悞譯越古闌淖爾又是呼枯倫淖爾之悞擒藍色足之鶻以致於汝，此鶻爲誰？哈答斤、撒兒助特、翁吉剌特諸人是也。據此則親征錄譯述未全。錄作鶻，此言鶬。案正字通：鶬大如鶴，青蒼色，亦有灰色者，長頸高脚，頂無丹，兩頰紅。又正韻：鶬，水鳥也。以其如鶴，故西書譯爲鶴；以其爲水鳥，故於此二湖擒之。亦可見此數部皆在此兩淖爾左近。今汝乃仗彼以驚畏我乎？此有德於汝者五也。父王汗，汝之所以遇我者何一可如我之遇汝？汝何爲恐懼我乎？汝何爲不自安乎？汝何不使汝子、汝婦得甯寢乎？我爲汝子，曾未嫌所得之少而更欲其多者，嫌所得之惡而更欲其美者。此二語見秘史蒙文錄亦述之而意（似悞會）譬如車有二輪去其一則牛不能行遺車於道則車中之物將盜（為）有係車於牛則牛困守於此將至餓斃強欲其行而鞭箠之牛亦惟破額折項跳躍力盡而已以我二人方之我非車之一輪乎凡此皆帝之言所以諭王汗也（直與親征錄如出一手）又使謂阿勒壇火察兒曰汝二人疾惡我將仍留我地上乎抑埋我地下乎我嘗告把兒壇把阿秃兒之子（案把兒壇四子時則答力台尚在蓋隱指之秘史亦作把兒壇惟悞以其子薛徹泰出世系大悞史錄作八兒合似亦悞）及薛徹別乞泰出二人（及字斷不可少）斡難河地詎可無主我勸其為主而不從我因汝火察兒為捏坤太石之子勸汝為主而亦不從又因

汝阿勒壇為忽都剌哈汗之子，勸汝為主，而又不從。汝等必以讓我，我由汝等推戴，故思保祖宗之土地，守先世之風俗，不使廢墜。我既為主（此與錄語畧異），則我之心必以俘掠之營帳、牛馬、男女、丁口悉分於汝；郊原之獸，合圍之以與汝；山藪之獸，驅迫之以向汝也。今汝乃棄我而從王汗。三河之地，我祖實興，慎毋令他人居之（此處譯語不明，依錄書之）。又使告脫忽魯兒曰：汝祖為我祖俘為奴僕，故我稱汝為弟。汝父之祖塔塔（原譯音似禿克禿圖，與錄之塔塔為近，祕史作斡黑答，不合矣，故舍祕史而從錄）為扯勒黑領昆都邁乃所虜，塔塔生雪也哥（原譯賽克布兒，錄作雪也哥，即賽克二字音，祕史作速別該，則是賽克布之對音），雪也哥生潤潤出黑兒思安原譯潤潤出希兒思奪安字秘作潤潤出乞兒撒安變思為撒史潤潤出黑兒思安生也該晃脫合兒此從秘史錄有訛字原譯哀克宏脫合兒也該晃脫合兒生汝汝思得我之基業阿勒壇火察兒必不汝與也在昔王汗所飲之青鍾馬乳我以起早亦得飲之汝輩殆由是妬我我今去矣汝輩恣飲之量汝能飲幾何也原譯不明依錄著之秘史謂是告札木哈恐悞又謂阿勒壇火察兒曰汝二人令從我父王汗毋有始無終使人議汝向日所為皆札兀特忽里之力也此處語意以秘史為是令如有人以我故而痛我將來亦必有人以汝故而痛汝縱令歲不及汝等明冬將及汝等矣又告王汗曰請遣阿勒屯

哈赤溫見秘史蒙文作合赤溫別乞

阿速黑忽勒巴爾二人為使或一人來昔者戰時木訶里把阿禿兒錄云佗納兒未知孰是失銀鞍轡黑馬請以歸我鮮兒諳達嘗遣必勒格別乞脫端二人來或一人札木哈諳達阿赤黑失侖阿剌不花常原譯無此人王汗氏族考中有之以阿剌不花為一人常兒為一人未知確否今依錄作一人又札木哈之下有朱剌哈難又名哈准即合赤溫別乞諸達即也客扯闌然錄未載今併無考比譯氏族乃悟阿使者及是人見秘史蒙文亦無放刪而附識於注中勒壇火察兒亦各遣二人否則遣一人使人之來可以在捕魚兒淖爾遇我如我他適則可在哈潑哈兒哈答兒罕之路尋我可為錄之哈八剌漢答兒哈證據惟不如錄之敘次清晰使者既致各詞王汗曰彼言誠有理誠為受損惟我子鮮昆有以

答彼鮮昆曰彼稱我為語達而又常詈我貝勒津注云下有托忽布特一語疑是蔑兒乞之托克塔語意難解案此見秘史雖有譯注而仍難解無惑乎西人不能譯也錄云以玩物視我亦是不得已而渾括之詞稱我父為父而又詈我父為好殺人之老者今日使不能遣惟有一戰我勝則併彼彼勝則併我耳即令必勒克別乞脫端建旗鳴鼓秣馬以待帝既遣使即率部眾往巴兒渚納此為再至華書惟是時一至不知何者為得實時有亦乞剌思人孛徒為火魯剌思人所逐敗奔來合朮亦哈撒兒先別居於哈剌溫赤敦山鄰野狐嶺不為遠亦見下注王汗襲掠妻子皆失途中糧絕以死獸為食此與秘史喫生牛皮筋語意相類尋至巴兒渚納始與帝遇王汗自哈蘭真戰後

駐於起特忽魯哈特額列特此可證明史錄之誤只感忽盧即起特忽魯或原作只忒而訛為只感乃有答力台斡赤斤阿勒壇者温火察兒別乞此二人惟此處有者温別乞之稱謂與錄同札木哈渾八鄰據此則錄奪渾字蘇克信該氏族考又作蘇畐克即錄之梭哥台脫忽魯兒即脫憐圖海忽剌海錄作塔海忽都呼特原譯忽都帖木兒而氏族考則作忽都呼特蓋即錄之忽都花也改從氏族考答又作忽都答即特之變音相與謀害王汗事覺王汗先捕之於是答力台斡赤斤渾八鄰與撒哈夷特部呼真部來歸於帝呼真原譯為宏廓伋特無考譯氏族考則為呼真與錄之嫩真畧近秘史卷八帝以客列亦之汪豁真姓的人與巴歹乞失里黑又卷四蒙文温真撒合亦惕兩種人温真與嫩真益叶而汪豁真亦與温真甚叶恐同族而異文此之呼真又即豁真變音也阿勒壇者温火察兒別乞忽都呼

將札木哈奔乃蠻太陽汗是年秋帝自巴爾渚納起師將自斡難河以攻王汗哈里兀答兒察兀兒罕本在朮赤哈薩兒麾下帝遣告王汗偽為哈薩兒之言曰吾兄離我今不知所在我妻子皆在王所我何歸哉我今以木葉為帳土石為枕望星而卧我思從父如王念我前勞許我自効即束手來歸矣王汗信之遣亦禿兒干盛血於牛角往與之盟錄謂煮潦器盛血三人偕行至中途帝兵亦至哈里兀答兒望見已營恐其見而遁轡馬良行駛不能追也乃下騎偽言馬蹄下有細石將抉去之而亦浼其下騎既下遂被執獻於帝帝以付朮赤哈薩兒與祓

史情節微異即日夜罔兼進至徹徹兒温都爾多桑云山在克魯倫河西土拉河東或當是也出不意攻之盡俘其衆王汗父子僅以數人逸去行至中路王汗曰不應與離之人人亦不我離而我自離之今遘此厄皆一人之罪也至乃蠻界之埕坤烏孫為守界將火力速八赤騰喀沙兒即錄之帖迪沙所殺送其首於太陽汗太陽汗責其擅殺詳見氏族考鮮昆未被獲逃亦即納城即納城原譯阿或兒巴剌客撒瑚下綏四字即謂城阿式兒當是亦即納之訛入波魯土伯特即波黎吐蕃蒙古稱吐蕃曰土伯特今西國稱西藏曰體伯特當由蒙古而來疑即布隆吉爾故西人譯波魯也劫掠為生部人逐之逃至和闐喀什噶爾近地曰若先古察兒喀思每為哈剌赤部主克力赤哈剌獲而

闊復高唐王濶里吉思碑謂帶陽罕遣使卓忽難字音相叶

殺之可證親征錄下云人謂此部主又獲其妻子獻於帝而來附是冬帝大獵於帖蔑延客額兒歸駐舊居宣布札薩以令於眾札薩即號令見元史帝自庚申年起至是始返舊居史錄云龍庭文飾之詞也非地名自鼠年至馬年凡七年馬年為帝五十六歲帝既滅王汗乃蠻太陽汗遣使卓忽難即月忽難之誤此表式蠻所譯異文貝勒津譯忽達延為忽難之誤至汪古之使朵兒必塔失悉無異詞可據以定祕史之誤告於汪古部長阿剌忽思的斤忽里曰我聞有人將稱帝我知天上惟一日一月地下亦不容有兩主請汝為我右手我將奪其弓矢原譯弓矢有誤阿剌忽思遣朵兒必塔失以斯語告於帝汪古部由此結好誠附鼠年春帝會諸將於帖木該前作帖蔑延此作帖木該原譯帖木該句下又有必丁乞勒庫珠特

地名秘史蒙文帖蔑延客額里下又有禿勒勤扯兀的地名或即此訛衆謂方春馬瘦俟馬肥而後可帝弟斡赤斤曰汝等安得以馬瘦為詞我騎尚壯可用我馬汝等未聞彼之言乎彼既能攻我我即能攻彼若敗彼可以獲大名勝負固有天定奚畏焉別勒格台曰彼欲奪汝弓矢若竟被奪骸骨將於何地安置彼恃國大馬蕃敢為大言我但先發制人奪彼弓矢亦有何難奚畏焉帝然之望日起師當云望日祭纛誥朝進兵哀忒巒謂西域歷六月十五日起師歐羅巴歷則在二月十九日中西歷相差至多四十餘日至少十餘日則當為中歷正月望日秘史四月之說甚不足憑行至乃蠻境外客勒忒該哈答濱哈剌河哈剌河即錄之哈勒合河客勒地名見秘史此哈勒合河尤非東方之哈勒哈河秘史有

悮有詳錄注駐軍多日而敵不至不得戰秋又會將士議進兵錄語未明晰得此乃了然遣虎必來哲別二人為前鋒皆與錄同時太陽汗已至阿勒台河與杭海山之間阿爾泰山亦有阿爾泰河惟錄與秘史皆云山而河則別名哈只兒亦遣兵為前鋒而自與蔑兒乞酋托克塔容別亦酋阿鄰太石當即前奔乃蠻之納鄰太石惟無札罕不衛剌特酋忽都哈別乞札只剌酋札木哈及朵兒奔塔塔兒哈答斤撒兒助等部偕進乃悟兵出之遲以待諸部之合帝軍有白馬以鞍翻墜於腹驚突而入乃蠻軍中眾皆謂其馬瘦太陽汗因謀於眾曰蒙兀之馬尚瘦我若退軍彼必尾追則馬力益乏我再與戰可操必勝其將火力速八赤曰汝父

亦難赤汗臨陣從未以人背馬尾向人汝令如是之怯何不令汝婦古兒八速來此可證錄之是秘史之非言畢含怒而出太陽汗以是奮進帝令弟哈撒兒主中軍自臨前敵指揮行軍札木哈望帝軍容嚴整謂其左右曰汝等皆貌視我按答今見其措置異於常人乎乃蠻向來臨敵謂如宰小牛羊自足至項併皮革亦不存留令試視能否即離去是日大戰至薄暮乃蠻大敗太陽汗先以重傷卧於山火力速八赤暨他將勸之起而不應火力速八赤曰今我等尚在山半不如上山徐圖再戰太陽汗聞之亦不應火力速八赤又曰汝妻古兒八速已盛粧待

汝凱旋汝盡速起仍不應火速八赤乃謂諸將曰彼如有絲毫力氣必能答汝語起身令已如此我等與其視彼死不如再戰使彼視我等死遂皆下山苦戰帝欲生致之而不從皆戰死帝大奬曰麾下將士若皆如此尚何慮哉潰衆夜走納忽嶺墜死者無算朶兒奔塔塔兒哈塔斤撒兒助四部來降蔑兒乞逋去太陽汗之子古出魯克逃依其叔不亦魯黑冬再征蔑兒乞至塔兒河即錄之迭兒河遇兀洼思蔑兒乞酋帶亦兒兀孫來降獻女忽蘭哈敦謂部衆無馬不能從征帝令散其衆於輜重後營每營百人以分其勢迨大軍行後其衆復叛刼略輜重

仍為帝軍所敗返所奪帶亦兒兀孫逃去帝圍蔑兒乞於台哈勒忽兒罕祕史台合勒豁兒合即錄之泰安寨盡取麥端即錄之麥吉脫塔哈林當即脫里孛斤之訛哈俺諸衆皆蔑兒乞部人哈俺無考丹多蘇作故恒案元史牙忽都傳娶察渾滅里乞氏察渾蔑恒音近或即此族祕史三種蔑兒乞之說恐不盡可憑托克塔與其子奔不亦魯黑帶亦兒兀孫既叛逃至薛楞格河濱呼魯哈卜察築寨以居即錄之洽剌溫哈卜察義謂隘也呼魯與洽剌音異疑洽為哈之訛帝遣孛兒忽勒諾延及赤老溫把阿禿兒之弟沈伯率右翼軍討平之皆可證錄之是祕史之非而沈伯等名則祕史為叶半年征合申圍力吉里城亦可云寨云極堅周數日下之毀其墻堞又往乞鄰古撒城云此城極大上之力吉里城即錄之力吉里寨此城則與錄之

落思字數字音大異亦下之大俘掠兼下他城得户口財物駝馬
牛羊無數而還虎年大會部族於斡難河建九腳白旗祕史謂九腳白旄纛最合蓋以白馬尾九九為旄纛非旗也即皇帝位羣下共上
尊號曰成吉思汗從濶濶出之請也濶濶出晃豁壇氏
蒙格力克額赤格之子好言休咎形如狂衆稱之曰帖
卜騰格理成爲堅强之義吉思爲衆數亦猶哈剌乞觧
之稱古兒汗古兒普也古兒汗衆汗之汗也此節當非脫必察顏
原有當是拉施特增入西人曾薈萃衆説以考成吉思
稱名之義一曰成大也吉思最大也一曰即天子之義
別有蒙古人云即位時有孔雀飛至振翅有聲似成吉
思音故以定稱薩囊薛珍云有鳥鳴聲似成吉思鳥集
方石於石中得玉印印背有蟠龍形一曰成吉思即騰
吉思言海也西域人志費尼之書則云曾遇蒙古人知

掌故者告我昔時有瀾瀾出其人似有前知冬令極寒時裸體而行大呼於途謂聞天語將畀帖木真以天下其稱號為成吉思別無解釋拉施特僧史則有釋義謂其言成為力量堅强吉思為多數當王汗滅後瀾瀾出即刱此論追虎年即位以古兒汗曾為札木哈竊號不適時即敗故廢古兒汗不稱而從瀾瀾出之言稱成吉思汗世或訛傳平王汗後即稱成吉思汗然蒙古國史實載於平乃蠻後虎年即位時也案志費尼拉施特皆元時西域人仕於宗藩撰著史錄親見國史其言如是夫復何疑蒙古源流謂帝二十八歲已酉即汗位固為囈語秘史卷四即已稱帝號成吉思亦屬因妄談元史親征錄皆出於脫必察顏誠為信史有元一代大典所闕故備載其復起師征乃蠻餘孽時不亦魯黑獵飛鳥於兀魯說黑塔山下涉酌河上兵至殺之錄有飛獵二字得此始解山名同河名合酌二音畧異古出魯克托克塔奔也兒的石河兔年秋以合申不納貢不奉約束再征之攻下各城是役之先遣阿爾壇

多桑云山在巴勒喀什泊之北

秘史二使一阿惕乞剌黑一答兒伯下一人又似即帝所遣之迭兒拜見下文

布答剌二人即史錄按彈不兀剌使於乞兒吉思先至一部受其降繼至一部曰野牒罰倫酋曰斡羅思亦納兒先一部部名酋名文已欽史錄與秘史所記各異今可取證於此詳氏族考二部酋戚禮款接遣二使臣曰阿里克帖木兒曰阿特黑剌黑偕來獻獵鳥色白西北無海東青故不能舉其名二使名華實所無惟錄有阿忒里剌有疑似龍年自合申班師歸舊居避暑可見龍庭並非地名為譯者文飾之詞冬復征托克塔古出魯克前鋒遇衛剌特部其酋忽都哈別乞不能戰遂降用為鄉導至也兒的石河殺托克塔於陣古出魯克從者無多西奔哈剌乞解古兒汗收撫之為義子嫁以女詳見下文蛇年春畏兀兒國主亦都護聞帝威名殺哈

剌乞解所遣監國之大臣曰沙均（即錄之沙監）將遣人納款

帝聞其事先遣阿勒潑魚土克句迭兒拜使其國（錄之人名）

可證

亦都護學欵之令其臣博古思阿世阿忽赤句阿闌帖木兒（即錄之別吉思阿鄰帖木兒上一人名錄未全別吉思似古字之悞）偕以來謁

視史委吾二使曰沓兒伯似即此之迭兒拜惟非帝使

若謂聞往來人言皇帝雄威大度能撫定百姓故棄

哈剌乞解將遣使來附并以古兒汗情形上陳不意帝使先至譬雲開見日冰洋得水喜不自勝而今而後願率全部為僕為子竭誠効力其使之言如此當在克塔中矢死時其子忽都句赤剌溫句赤攸克句呼圖罕蔑兒根（元史類編引親征記云脫脫子火都赤剌溫馬札兒禿薛干與元史巴而朮傳所載四子名同此書）

下二人名大異又忽都謂是弟則西域史之臆説已見上注（祕史卷九有忽都合勒之名似即呼圖罕而非忽都無從考異祇可存疑）不能得父全屍惟取其首涉也兒的石河將奔畏兀兒遣裒不干為使先往亦都護殺之與四人戰於真河遂其衆（裒不干即錄之別干真河即蔪河詳錄注）以蔑兒乞為帝仇遣阿兒思蘭兀喀句察魯忽兀喀句字拉的斤句亦納兒乞牙松赤來告戰事（錄四人名未全）既而二使偕帝使亦至（錄云先遣四人來告以西域史語意合之似四使行在先二使行在後也）帝曰亦都護果能輸誠効力於我復遣阿勒灤魚土克二使往徵貢獻亦都護尋遣使進方物璽[珍]异馬年夏復遣使於畏兀兒時帝在軍中（此與錄語微異）秋又征合申帝至阿[兀]剌闕[孩]城（即史之兀

剌城海指麾軍事既勝合申納女而回羊年至虎年凡八年虎年帝六十四歲羊年春柯耳魯克部主阿兒思蘭汗來覲於克魯倫河即元史哈剌魯字音與元史西北地附錄之柯耳魯叶合知元史字自來歸秘史作合兒魯兀亦都護亦至且曰帝若賜我得在僕役之列使遠近皆知我依托陛下襟帶之間語意甚難譯詳秘史注我願為第五子也帝知其意在親附因曰我以女與汝汝為我第五子是年春下令伐金先令脫忽察兒率二千人防後路原注云所謂後路蓋防客剌亦乃蠻等降衆乘大軍出而謀變也錄云出哨西邊戍秋出師自此平定乞解主兒只一面與摩秦為隣乞解稱摩秦人曰蠻子稱主兒只曰女直稱哈剌乞解曰乞

續通鑑作哈兒魯

解韃子印度語稱乞解亦曰秦又曰摩訶秦猶云大秦西域商人往彼或僅稱秦或稱摩秦實應稱摩訶秦此業皆拉施特增注之語可以考訂佛書支那之稱別有考帝既入金界下各城寨遂取昌桓撫等州此下城名地名皆中國字音西域人譯音已誤兼之傳抄遺奪經西洋人重譯更覺比附無從只可就史錄所見字音尚類者著之餘概刪棄太子朮赤察合台窩闊台取雲內東勝等州軍至西京一過而行是秋哲別取東京先至城下不攻而退金人以為真退懈不為備哲別既退五百里留其輜重選精騎晝夜疾馳突至城下取之帝圍撫州時金遣九斤句斡奴即為奴明安率大軍駐溫根達坂即野狐嶺秘史作忽捏堅答巴答巴謂嶺忽捏堅謂狐原注離哈剌溫赤敦不遠原

書九斤之下有朱台不知何人今刪金將巴古失句桑臣二人錄但云軍師無名謂九斤曰聞彼破撫州方縱軍大掠馬牧於野若出不意輕兵掩襲可獲大勝九斤曰不然彼軍形勢不易遽破宜明日馬步齊進次晨兵進帝聞警軍中方餐棄飯而起以二軍拒於貛兒嘴九斤謂明安曰汝曾至蒙兀地識成吉思汗汝往彼陣問以何故犯邊彼言不遜汝即詈之明安如所戒而詈帝命縛之俟戰畢再問既而乞䚟此漢軍哈剌乞䚟此遼軍主兒只此金軍諸軍大敗伏尸遍野復攻胡沙於會合堡破之溫根達坂之戰金之名將精兵多盡於是役蒙兀人至今道之帝回至軍中問明

安曰我與汝素無怨何以當衆辱我對曰我欲歸順恐被人疑不令我行幸九斤使我爲此言得乘此機以至帝前否則何由得至帝善其言釋之此與親征錄皆在辛未年帝取宣德州夷其城錄稱宣德府未是攻德興府其地有園亭果木釀酒極多金守以精兵不能下而退令拖雷汗即錄之四太子也可那顏也可大也義爲大那顏拖雷有是稱見下西域史稱之爲汗蓋西域王皆拖雷後亦追王之意赤古兒干古兒干即駙馬率兵再往登城毀其敵樓破之而歸歸後此城復叛屬金次年秋帝自往平之此次年應是癸酉上文遺脫猴年遂爲壬申進至懷來金大帥高琪力守此城帝與戰大敗之追至哈卜察勒義爲口隘即古北口也死亡不可勝計時金主

又西域史不曰拖雷曰圖里譚稱名之義爲鏡案元史語解圖里鏡也似元史之作拖雷爲誤今仍依元史而識其誤於此

嚴兵守隘帝選翁吉剌特二將曰喀台曰布札即怯台溥察二人駐軍哈卜察勒帝自將衆疾馳繞出第二隘曰紫荊口金主聞之遣將奧敦將兵守口勿使出隘及平地比至而帝已度隘復遣哲別往破他處臨末之口隘所謂臨末蓋居庸關也帝入紫荊口令哲別往居庸自南口攻出錄文特明晰此失載南口攻出之義自進兵與喀台布札軍合則古北口亦破矣案古北紫荊居庸皆長城隘口此古之長城在金內地者也金築長城則更在邊外所謂塹山築寨汪古部一軍守其衝要也汪古導蒙古進兵而外險在昌桓撫等州皆不保矣至是而古北三處關隘亦盡失中都危矣親征錄叙述詳明合西域史觀之可得太祖用兵之道元史札八兒傳叙破居庸之事全屬渺茫既又令喀台率五千騎守中都往來大路此較錄為明晰詳錄注錄有二將此僅一人自引兵攻涿州二十日破之

少易州遂分軍爲三朮赤察合台窩濶台往太行山右攻下右邊一帶城邑直至哈剌沐漣而還原譯卓曹山當即太行山城邑名訛悞者多惟懷孟等音尚合原注河自西藏發源蓋即黃河哈薩兒此之帝弟斡陳諸延拉施特原注翁吉剌人主兒赤歹原注成吉思汗幼子布札原注翁吉剌人由山之左取薊州等處而還帝與拖雷汗原注亦稱也可諾延由中路不攻東平大名惟平他處城邑而還先又遣木訶里攻密州取之帝至中都木訶里亦來會原注蒙古稱中都曰汗八里克今曰大都自起兵至中都共二年羊年至猴年此悞應有三年雞年帝在中都暮春時至金主與九斤元帥等會議九斤恐是高琪之悞或曰彼軍已疲再與一決戰何如王京丞相曰即完顏福興此非計也

我軍皆自都外挈至妻子皆在他處不知其心何如若
敗則不能復聚勝亦各思就其妻子而去祖宗社稷之
事豈可爲此孤注當熟思之今莫若遣使議和彼必退
軍俟其退後再爲之計金主然之遣攸斤明安求和獻
公主哈敦帝喜而退攸斤明安送帝過哈卜察勒至麻
池而返錄云福興送上至野麻池而還此云攸斤明安
不知與福興是否一人也攸斤當即上之九斤
又麻池無野字是年已四閲月則五月矣本紀合錄不合金主遷都南京云在
哈剌沐漣汴梁近河故也留其子及福興句秦忠守中都金主行至
涿州契丹兵在後行及良鄉金主疑之令繳器械衆譁
殺其帥鮮袞即錄之素温自推志答句比涉兒句阿剌兒爲

師而往北行可較親征錄福興丞相聞變發兵守橋勿使北渡即盧溝橋叛衆聯合河之彼岸塔塔兒衆千人前後夾攻大破守橋兵盡奪軍裝馬匹原注塔塔兒人居於此地服屬金主案錄言禅將塔塔兒乃人名此異或悞會也掠中都一帶牧羣驅逐守吏是事之先契丹人留哥乘亂據東京等地自立為遼王志答比涉兒等以中都有備不能過遣人乞降於帝時遼王亦來降並入貢帝授留哥元帥與以廣甯府今守原譯曰旺鎮撫二地細攜之即廣甯府三字音而悞增字悞為兩也聊舉一節以見華地之難譯金主之南遷也以禿珠大石為宣撫錄云以招討也奴為咸平等路宣撫復移於忽兒阿蘭此無地名而人名又大異殆悞然所記之事則一事也或於金主前言其有異志禿珠大

石疑懼遂來降更遣子鉄克為質給事於御營既而復叛自立為東夏王原作東京據錄改正所以然者由帝攻取金地已多金主復嚴刻故衆皆離心各據地自立此數語必是拉施特增入歸潛志云宣宗喜刑法政尚威嚴此語誠非無據是年已五閏月史作七月錄五月皆不同金太子棄中都而往南京帝命撒兒只兀特人撒木哈偕明安率兵至中都與契丹將志答等合遂圍中都金主聞中都圍急糧匱遣永錫慶壽李英永錫據金史原書首將曰忠帥三將為從曰恭速曰康賽曰李芬此另訛誤忠帥當即慶壽見下恭速康賽或是永錫之訛運糧械往援人負糧三斗慶壽亦自負以勵衆慶壽行涿州他將由別道錄謂李英自負此云忠帥自負又云忠帥行至涿州也寨即錄之旋風寨則忠帥明

是慶壽矣下文云他將行至興北則為霸州之悞或青戈之悞皆為帝軍所獲兩路無一達者中都糧盡人自相食福興丞相服毒自盡秦忠逃往南京明安入中都遣使報捷帝時駐桓州西人考得蒙古稱此州曰火兒敦八剌哈孫命忽都忽諾延與翁古兒阿兒海哈撒兒往中都檢視府庫守藏官哈答國和原譯作二人曰哈柳曰惠必是哈答國和之訛奉獻金幣二將受之獨忽都忽不受取府庫藏物及哈答以來此處譯哈答未悞帝問忽都忽曰哈答曾否致餽於汝對曰有之特未敢受帝問何故曰城未破時一絲一縷皆阿勒壇汗之物今城已下則皆我君之物安得竊取故未受帝獎其知事君之禮分所有賚之而責翁

按史本紀萬奴僭國號曰大真改元天泰李益齋
稱萬奴曰東真國王原文東京蓋東真大真之對
音字非東夏也

十月二十八日住班章京

文案處

張兆蘭

司務廳

周儒臣

文瑞

清檔房

沈曾植

植曩戈須是萬里衰淬亦

在郡城當是歸德

鎮作壯字不悞字亦悞也

甚相類國朝梅史義長城史付譯者悞也

植按鐵釘密布於行陰之世

古兒阿兒海哈撒兒哈答挈其孫尼克賽見帝而返録有不珍也哈答因其見孫榮山而還二語何氏無可位置遂悞以不珍也哈答為西域城名而刪因其八字今可考正尼克賽即榮山之轉音也原文此下云往宏州西坑州寨城而往此語不可解案録有通州元帥七斤衆率衆來降一語下即守信安之事因悟宏州即通州西坑寨即七斤帥特訛悞不能改正由此亦得親征録原文次第金將張忽句張忽斤句衆格阿失林據守信安倚山為險久不能下此可考正録中三人之名犬年年悞帝在魚兒濼原譯戈奧兒殆魚兒之悞命撒木哈把阿禿兒率大軍由唐古特抵京兆原譯悞作京州自潼關破汝州等處直至南京界上之花營大掠録作杏花營原文又有掠厥都城而回不知何城又自陝州渡黃河趨西京金二將守西京曰田寅答爾日罕撒兒撒烈即那答忽斜烈二人録作

北京係悮出城迎降撒木哈受降而回帝又命蒙格力克之子脫侖扯兒必攻真定府（原譯察罕巴剌哈孫又云乞解稱為真金胡城則是真定府矣）降之欲攻東平府河水為阻不能克掠其地而還金人復取諸城鼠年（遺脫亥年）帝聞降將張致叛令木訶里率左翼軍往擒之畢其地牛年帝旋師（應是子年旋師）以聞蔑兒乞人逃至乃蠻西界外（原譯托克塔一弟三子名已見前）集衆圖再舉其地山高路險乃命速不台把阿禿兒率軍以鐵釘寨布於車輪庶行山路不易壞（此可證秘史譯文之悮）復令脫忽察兒以二千騎與合行至真河（此是吹河詳錄注）大敗蔑兒乞盡殺其人生獲呼圖罕蔑兒根檻致於朮赤朮赤聞呼圖罕善射試

之果然詳氏族考遣人告帝乞貸其死帝不欲遺後患仍令殺之托克塔後人無一得免者是歲禿馬特部酋多都禿勒莎哈兒叛禿馬特先已降附聞帝南征遂復叛此部兵衆素强帝遣巴鄰人納牙諾延及朶兒伯諾延往討納牙以病不行帝躊躇久之乃改命孛兒忽勒孛兒忽勒問使者曰此衆人所舉乎抑上意乎使者曰上意也孛兒忽勒曰既如是我必往以我之軀易人之血妻子惟主上憐之既平禿馬特孛兒忽勒亦陣没帝知其言又聞其死甚痛悼之以是厚撫其子告其家人勿過悲哀我必優卹原譯以胆及臟腑等語為譬虎年封木訶里為國王伐

金當木訶里在金境時金人稱之為國王帝曰此佳兆也至是遂定封號率汪古特萬人下云又千人而無部名案錄則係火朱勒部也兀魯特四千人亦乞剌思人二千孛徒古兒千統之忙兀特人一千木勒格哈兒札統之即木哥漢札原注忽亦兒答兒之子翁吉剌特人三千何勒赤諾延統之札剌亦兒人二千木訶里之弟帶孫統之又契丹女真之兵烏葉兒元帥秃花元帥統之原注此二部人皆新附以二將能得此衆故令其統率皆屬木訶里節制原注是時帝悉以金事付木訶里而自謀西方之事錄在寅年與此同元史紀傳則在丁丑觀下西域之事似非丑年起畔當以親征錄之寅年為合是年哲別逐古出魯克至巴達克山撒里庫爾之地殺之乃蠻餘孽悉靖古出

徐松西域水道記葉爾羌[illegible]八下

里色勒庫勒斯即撒里克庫爾

魯克於龍年自別失八里至庫爾車（此殆非今之庫車，當是伊犁屬城華文曰固爾札）歸於古兒汗至死共十一年突耳基斯單（而吉）與麻賚蘭那喝拉（天山以北西至錫爾河皆曰突耳基（吉）斯單。詳途魯吉釋地。麻賚蘭那喝拉義謂兩河之間，錫爾河阿母河中之地皆是）先皆古兒汗屬地謨罕默德貨勒自彌沙（即帝親征之西域王）奉父遺命亦歲貢三萬的那於古兒汗（的那金錢名，見訛打城傳）既而吞併近境國益強大遂不納貢又攻取布哈爾令各城勿從古兒汗乃有撒馬兒（爾）干酋鍔斯滿亦來合復通好於古出魯克使者往遇諸塗先是古出魯克知古兒汗無能爲東方屬部皆叛從蒙兀西域亦叛又聞其父敗殘舊部尚在藏匿思得其衆以奪國土言於古兒汗曰我離舊地已久今蒙兀爾往征乞斛乘今之時我往葉密里句哈押立克句別失八里（地別有考別失八里見釋地）招集潰卒衆必來從可藉其力以衛本國古兒汗信之既東行乃蠻舊衆果來附遂肆劫掠復遇貨勒自彌沙之使欲共謀古兒汗即約東西夾攻西勝則西軍拓地至阿力麻里和闐喀什噶爾東勝則東軍拓地至費那克特河（河名無考當在錫爾河西）議既定古出魯克即進攻八剌沙袞（西域史云西遼都城之名遼史則云虎思斡耳朶）古兒汗與戰敗之古出魯克退而集衆而貨勒自彌與撒馬爾干之兵已至塔剌思擒古兒汗之將曰塔尼古古出魯克乘機

再進獲古兒汗陽為尊崇實則篡國自立越二載古兒汗以憂恚卒（此與遼史乘直魯古出獵襲執之畧異而尊為太上皇朝夕問起居則語意相類）古出魯克既得位復娶一妃勸以從佛教（妃名原文已缺）由是諭令民間奉佛不得奉謨罕默德（天方教主名）暴歛横徵每一鄉長家以一卒監涖之自至和闐諭民改教出示招集謨罕默德教人辯論教理衆皆至其為首者曰阿拉哀丁與古出魯克往復申辯詞不屈古出魯克慚沮惱怒詈而縛之釘其手足於門衆情咸忿而無如何惟望帝軍之至帝亦聞之故遣哲別往征哲別示諭民間各守舊教從其先世所奉勿庸更易於是各鄉長皆殺監

涖之卒為應古出魯克在喀什噶爾軍未至先遁天山以北西遼故都之地若何攻取則各書皆未言及但言天山以南沿路居民皆不容納將入已達克山而哲別追及於撒里克黑庫爾山徑窄隘處殺之云是報應蓋天方教人語也案此節乃是拉施特增入非國史所載哀忒蠻譯述則云古出魯克至西遼將謁古兒汗處有變令從者偽為已入謁自為從官立門外適古兒汗長妃之女格格兒八速自外至心異其人入而詢得其故乃延入格兒八速以女晃忽嫁之三日即成婚晃忽時年十五勸其夫勿信天主教從佛教並以古兒汗年老好諛告其夫以趨承之道餘云云同古出魯克既於八葉密爾之處收集舊眾即至鄂斯慫奪西遼之庫藏攻八拉沙袞為西遼所敗其時西域軍已至塔剌思擒塔尼古八拉沙袞之民閉嬰城守不令鄂思慫潰卒入城潰卒之帥謨罕默德太石率眾圍攻十日以象毀門而入大掠三日繼而部下復叛其帥古出魯克聞亂亟進獲古兒汗時天方歷六百八年西歷一千二百十一二年直魯古遂讓位古出魯克尊為

父仍稱爲帝而自執國事直魯古憂悶成疾越二歲卒在位三十五年古出魯克又娶西遼宰相之女甚美餘皆同謂是志費尼書中所云又撒里庫爾道上地名韓拉特尼山谷幽僻可入不可出古出魯克匿於中哲別遇牧羊人詢知蹤跡令獵者導路獲而殺之葉爾羌等處悉定爲帝虎年之事案遼史直魯古在位三十四年此多一年其云西歷一千二百十一年爲太祖六年辛未錢詹事大昕諸史拾遺謂西遼之亡當在辛未諸家編年皆係以辛酉係悞得此可爲確證拉施特謂古兒汗以女嫁古出魯克他書有謂孫女者此乃是外孫女恐哀忒巒悞譯或是長妃格兒八速而悞謂長妃之女也　兔年至帝崩之豕年凡九年兔年集諸子各將師會議伐西域定軍中章程案帝伐西域實是己卯出師西游錄謂戊寅達行在明年大舉西伐耶律楚材傳亦謂己卯夏六月帝親征回回國帝駐也兒的石河應是己卯夏而西域史辰年方至也兒的石河與親征錄同由此而見脫必赤顏之叙西伐悞始龍年元史既本之而又考知他書始於己卯據以增入於是攻取蒲華薛迷思干兩城一事兩記譯西域史乃

知其病在此龍年帝在也兒的石河駐夏以復殺商之仇遣
使往告謨罕默德貨勒自彌沙秋進兵柯耳魯主阿兒
思蘭畏兀兒主巴而朮阿兒忒的斤阿力麻里主雪格
那克的斤皆從征秋至訛脫剌兒城令察合台窩闊台
圍攻令朮赤往鄭忒因吉懇特即氊的養吉干詳西域傳令別將攻
忽氊白訥克特詳下忽氊譯釋地自與拖雷攻布哈爾撒馬爾
干守訛脫剌兒將曰哈伊兒汗多桑作伊那兒只克此與本紀哈只兒只蘭禿
上三字音類更有哈拉札汗率二萬衆助守哀忒鑾作亦哈拉赤哈只魄與本
紀哈只兒只蘭禿音蓋近被圍至五月城民慌亂哈拉札汗議降哈
伊兒汗不從哈拉札汗乘夜出城欲遁為我軍所獲察

合台窩闊台以其不忠也誅之遂下其城哈伊兒汗率親兵三萬守
城内寨堡屢出戰相持一月死亡已盡僅餘二卒猶自登屋揭瓦擲人既
被獲殺之於庫克薩萊地見下朮赤先至撒格納克為鄭志屬城在錫爾河濱遣忽遜哈
赤諭降多桑作哈三哈赤哈三為忽遜之變音被殺下令晝夜更番迭攻屠其城以忽遜哈赤之子守之
復下與斯懇內八兒真見本紀原譯八兒哈力懇悮攻過失那斯城中兵衆且由盜賊入伍皆能戰然
大半陣沒警至鄭志守將庫特嚕克汗夜遁過錫爾河經沙漠以往乞貝勒自彌朮赤
令成帖木兒西域傳中有是人諭降鄭志是時城中無主衆民皆拔刃相向成帖木兒以撒格
納克殺使致禍之事爲告且許不令兵入城乃得免歸告朮赤即督兵至城下樹雲梯
以登驅民出城以抗拒不得殺惟數人曾詈帝究獲殺之以阿里火者守
其地原注布哈爾人分兵下因吉懇城即本紀養吉干遣烏羅斯伊的率其衆歸

哈剌庫倫烏羅斯伊的不知何人棄畏兀主亦都護西書譯為伊的護恐即是巴而尤其烏羅斯三字則訛悞也多桑謂是遣畏兀兵歸西人稱和林曰哈剌庫倫別募土人萬名台納爾統之行至中途叛亂台納爾已前行聞信馳返殺戮大半餘者逃渡阿母河阿剌黑諾延句速客圖句托海將五千人攻白訥克特亦日畢那開特守將伊勒格圖蔑里克率康里兵大戰三日至第四日城民請降分兵民工匠於三處而盡殺其兵驅民間壯丁以往忽氈守將帖木兒蔑里克分精兵千人守賽渾河中洲賽渾即錫爾河之古稱矢石不能及阿剌黑三將於忽氈脫剌兒四鄉擄民五萬運石於山填河築堤

阿剌黑見秘史元史伯顏傳祖阿剌平忽禅有功得食其地宋本丞相伯顏祖考封謚制故千夫長阿剌沈毅而窮力忠勤而小心從役忽禅奮蛇牙而深入扈征蜀道裹馬革而長終忽禅即忽氈見下征蜀陣没當是太宗時拖雷入蜀之役秘史九十五功臣有速亦客秃卷三作雪亦客秃謂是晃豁壇的人當即此速客圖九十五功臣又有塔孩似即此托海

添注於將五千人之下

以達於洲帖木兒造舟十二艘形如穹屋裏以氊塗泥潑醋以禦火箭每晨分兩隊迎敵然河堤漸成砲石紛集勢不支帖木兒以七十舟載輜重軍士遁去（以下所譯有費解處多桑紀述甚明詳見西域補傳）帝於龍年秋末至訛脫剌兒既分遣各軍（下云蛇年二月各估許多地方）復自與拖雷汗也可諾延馳襲賽兒奴克成（城無考貝勒津云賽兒奴克城突厥語亦蒙古語猶言吉利）晨壓城下居民咸入城拒守遣丹尼世們招降城人將困辱之丹尼世們謂我為成吉思汗親近之人我亦木速兒蠻人（即天方教詳見元代教名考西游記注）特來救一城生命若抗拒則滿城流血矣帝降則身家皆得保全城遂降餽糧惟頭目不至帝

怒始至令下勿殺掠簽壯丁為兵名其城曰庫特魯特八力克八力克即八里見西北地附錄募熟悉路逕之突克蠻人為導突克蠻猶言突厥同類突克即突厥變音從沙漠僻路行前鋒將塔亦勒兒把阿禿兒秘史九十五功臣中有荅亦兒當是至奴爾城亦招下之餽軍糧令速不台收撫其城擇六十人送城酋伊里火者至塔布琵之地帝至城問每歲納如稅若干衆謂一千五百的那金錢名今中國金貴一的那合銀二兩餘帝令如數完納月初至布哈爾圍城當是次年春月初城守兵二萬守將曰庫克汗部將曰哈米特句巴兒塔牙達庫的幽赤汗的克什克里汗夜半率衆突圍遁至賽渾河濱當是阿母河應云質渾作賽渾悞帝兵追及

盡潰散城中伊瑪姆（教士之稱姆字讀如吳下俗音）暨文士等出降帝入城見教堂疑是王宮駐馬問民以教堂對帝下馬入堂諭馬飢速飼馬因取經箱為馬槽令教士守馬又以酒囊置堂中（天方教戒酒故特記受辱之事）傳集謳者歌舞蒙兀兵亦歌呼為樂帝適時復出城登教士講臺傳集民庶告以蘇爾灘背理獲罪之事爾等須知爾皆得罪於天爾主為尤重天生我為執鞭之役人用以箠撻羣類非汝等得罪上帝天何生我令譯者述其語俾衆周知又令蒙兀人彈壓天軍勿使擾害籍富民令出窖藏財物以二百八十人搜括之餘民則出丁賦以贍軍其時内堡猶

末下西域往往兩城其內城若堡寨遂焚城內民居驅民填濠悉成平地矢砲環攻堡破守者悉死凡三萬人婦稚得免夷其堡驅民於野取丁壯從軍或從於撒馬爾干或從於塔布瑟春末遂征撒馬爾干西域主謨罕默德貨勒自彌沙先以突厥人六萬塔赤克人五萬塔赤克見西域傳大象二十守撒馬爾干浚濠蓄水帝在訛脫剌兒即聞撒馬爾干垣堞高峻守兵充足非一載不能破故先分兵取各處而自取布哈爾然後進師軍鋒所至無抗命者惟色里普勒的塔布瑟兩城寨不降留兵攻下之帝至撒馬爾干札赤等師亦至御營駐庫克薩萊諸軍分駐城

四面帝周巡城外相視形勢者兩日聞蘇爾灘已往駐夏之地即令哲別速不台率二萬騎往追又令阿剌黑諾延句畢速爾向斡克石當即渴石塔力堪二處進兵第三日晨城閫遂合守將阿勒巴爾汗句匈赤汗句巴朗汗等出戰兩軍傷亡甚衆夜始罷戰第四日攻城城民恟懼第五日又攻乃有喀特句社喝烏里斯拉姆皆教士名暨伊瑪姆等出城納款越日開那馬斯喀喝門大軍入城即墮其城分城民男女百人爲一隊遣兵押赴城外曠地喀特與社喝烏里斯拉姆率五百人入守内城帝下令民間有藏匿兵丁者殺無赦其後搜獲伏誅甚衆城

中荅象盡放之於曠野多餓死此可證西游記是夜大軍仍出城內城人懼不得免阿兒潑汗疑即上文阿勒巴爾汗之異譯夜率千人潛出突營而遁次晨大軍攻內城隳其墻堞塞城河之源至夜城破有千人入禮拜堂拒守射以火箭焚以火油悉成灰燼驅守兵出城分兵民於二處令康里兵三萬薙髮結辮一如蒙兀人夜乃盡殺之其將曰巴力世瑪思汗句托海汗句薩兒賽特汗句烏拉克汗更有二十餘禪將皆死原文云此二十餘人名詳成吉思汗致魯肯哀丁郭耳特信中案今西人所譯皆無此信當是失譯魯肯哀丁見西域下傳多桑作屋肯納丁阿蒲倍廓耳取工匠三萬分置各營民丁三萬入攻城隊餘民許復舊居輸二十萬

的那以贖命令降官巴克畠勒蔑里克可哀窓兒阿米特主收賦事兼轄降民其後復屢調發故城民益寥落西游記謂僅四之一是年夏秋帝駐撒馬爾干境内云是蛇年夏取撒馬爾干軍中屢獲貨勒自彌沙麾下人皆言其主驚惶無措惟謀逃遁其子只剌兒哀丁請於父欲集各路之兵決一血戰而父不允帝先遣哲別速不台各率萬人往追復遣脫忽察兒把阿禿兒見親征錄元秘史率萬人繼進戒三將以窮追勿捨如彼勢衆敢抗而汝等力薄即不前進飛報我大軍屢聞人言彼畏怯殊甚諒必不敢抗如彼勢蹙而遁雖入山穴亦必窮其所往所過之地降者安

撫之爲置官吏有阻遏我軍者必摧破之以三載爲期由戴世特奇卜察克即欽察詳欽察釋地回至蒙兀里斯單與我相見猶言蒙古地方當時西域人稱天山一帶皆云蒙兀里斯單然後全軍東返汝等之後我復令拖雷汗劉撫呼拉商句蔑而甫即馬魯詳麻里兀釋地海拉特句你沙不兒句賽兒黑思等處賽兒黑思即元史之昔剌思今亦稱撒剌克思我又令禿赤察合台窩濶台攻取貨勒自彌都城賴天之祐必盡畢此事乃可凱旋帝既遣三將行復令三子整軍往貨勒自彌自與拖雷汗暫息於撒馬爾干哲別等三將從蘇爾灘之後至京綽布渡阿毋河多桑書作京綽克先時蘇爾灘駐馬忒耳迷斯河濱即忒耳迷

詳釋

聞布哈爾陷繼聞撒馬爾干亦陷即渡河遁母族地人烏拉廼延等從行欲害之有洩其謀者蘇爾灘夜易寢處虛其帳次晨視帳氊皆箭孔遂奔你沙不兒勸官民嚴守哲別速不台先至巴而黑（即巴里黑見釋地）城人餽軍裝糧糗迎降為置守吏募導者以行太石把阿禿兒為前鋒抵咱窪城（多桑作薩伯）欲如前收降城人閉門不應軍去城人以為怯鳴鼓辱詈軍回攻三日樹梯入城遇人即殲焚毀之而行將至你沙不兒蘇爾灘先欲赴伊斯法楞圍獵（多桑謂偽言出獵而逃）聞警即逃可斯費音（即疾[illegible]河）遣其母妻往喀兒魯克之地守將曰塔赤哀丁答勒罕（多桑作馬

三德蘭境内伊拉耳堡自與羣下謀避兵衆議上希蘭山既至以爲未可希蘭山未詳謂羅耳之蔑里克海沙富多智謀延至議計羅耳部名見釋地羅耳胥謂羅耳法而斯兩界上有高山曰帖克帖庫壤地寬大人迹罕到可以避兵羅耳的法而斯的舒勒部名近羅耳今曰舒里斯單沙班喀雷未詳四處之兵可集十萬力足禦敵蘇爾灘不之信仍駐是地募兵哲別至你沙不兒遣告呼拉商部内各守將曰蔑執兒哀里蔑里克嘎非曰法喝兒哀里蔑里克拉希曰斐里特哀令曰吉牙哀里蔑里克佐贊傳帝之諭招降並獻軍裝糧糗你沙不兒以三人來迎降餽糧哲別勸以見機

保身家蒙兀兵如水火之不可狎玩勿恃有城有衆復
予以帝之示諭用畏兀兒文若謂諭哀密兒及衆民知
悉哀密兒西域官名自東至西上天皆已付我原文謂與你殆悞降者
并其家屬保護之不降則罪及親族咸殺不宥既予以
示而行哲別自此順者溫之路向徙思秘史蒙文左曰沼溫當即此者
溫徙思在你沙不兒東北須回軍左旋故云順者溫之路速不台順大路向札姆札姆
未詳中途降者皆不犯不降則力攻徙思之東各寨堡皆
降而徙思拒命殺傷甚多由徙思往拉得康地圖徙思東有城曰
安狄枯音近拉得康或即是地惟軍又東行疑次序未順其地花木甚多速不台喜
其地未擾應是哲別而云速不台亦可疑留官主守自往喀部珊城人

慢不加禮重誅之凡呼拉商境内堅城多過而不攻沿途皆不久駐惟取衣服糧食牛羊馬匹而行晝夜不休速不台向伊斯法楞哲別向馬三德蘭至是全軍又西矣誅夷最甚者阿模爾見釋地阿士特拉拔特見地圖此皆哲別之軍速不台至搭沒罕城當是地圖中之搭密干民避入山土匪踞城以守盡殺之又往西模曩攻敗其民即西模娘見釋地至耳來夷城亦如之亦作合而拉耳蘇爾灘正與阿塔畢奴思拉特哀丁句海沙勒沙富議計而耳來夷警至海沙勒沙富懼即回羅耳他肖亦適蘇爾灘往喀隆堡蒙兀軍知而亟追中途相遇射傷其馬蘇爾灘居堡中一日即潛往八格達即報

達

追兵始謂其在堡也攻之既知其已行復逐於後蘇爾灘改道入雖而哲塞堡又奔基蘭詳西域傳注其地之哀密耳迎以入駐七日又往伊西塔耳之地未詳從者盡失又往阿模爾所屬之低押乃云是地名馬三德蘭之哀密耳亦殷勤款接然蒙兀兵跟踪而至不能休息詢於馬三德蘭教士勸以入嘎斯比海內小島原注又曰阿兒斯袞蓋即裏海今西人稱裏海曰嘎斯比安蓋本於西域之稱蘇爾灘從之居未幾又易他島以掩踪跡哲別之軍不能覓獲遂回軍盡得其輜重珍寶送致撒馬爾干蘇爾灘以土地財賄盡失又聞妻女皆被虜幼子已戕多桑書所紀為詳即獲西域王母之事見西域補傳恚悸成病

目亦昏終日啼哭旋死埋於島內越數載只拉兒哀丁起其屍送置阿勒的斤堡多桑作哀阿特罕堡詳西域下傳當蘇爾灘在日先欲立其子鄂斯拉克沙為嗣居海島時改立只拉兒哀丁事詳多桑書及其死後只拉兒哀丁聞呼拉商義闌境內波斯之地稱義闌吉時名稱亦曰伊兒闌巳無蒙兀兵原文因成吉思汗不令其久駐之故乃由道格世拉克登陸覓馬往貨勒自彌其弟鄂斯拉克沙亦從往其時尤赤等軍猶未至貨勒自彌其守將曰徒智貝克里灣曰哈勒烏思拉克曰火者的斤曰阿忽勒沙希巴曰怗木兒蔑里克此名見前文守兵九萬只拉兒哀丁既至兄弟不和各樹黨羽衆畏只拉兒哀丁

之勇不願奉以為主思害之只拉兒哀丁聞其事即出奔由訥薩之路往沙特巴黑原注即你沙不兒訥薩見西使記作納商行及阿思特畢失賽克之地遇蒙兀兵戰半時許先自軍中逸去當只拉兒哀丁出奔札赤等軍亦將至鄂斯拉克沙阿克沙亦奔經前戰地亦遇蒙兀兵併其將與從者皆被殺只拉兒哀丁至沙特巴黑收集士馬居三日將往嘎自尼詳釋地而蒙兀兵亦至只拉兒哀丁留其將蔑里克伊勒的力克在城外禦敵而自往嘎自尼追行遠伊勒的力克亦由他道行蓋分道以悞追兵蒙兀兵追之不及只拉兒哀丁七日至嘎自尼其地兵民多奉之札赤察

當作烏爾鞬赤別有考九字應改行注寫

合台窩濶台奉帝命伐貨勒自彌即今之庫爾坑赤蒙兀人稱為烏爾坑赤亦當作烏爾鞬赤别有考於是年秋率右翼以行案上文是蛇年秋史亦謂領右手軍前鋒將莽克來蒙兀人稱之曰莽來案此人名見秘史只拉兒哀丁昆弟之出奔也將領多從以行乃有忽馬爾多桑作庫馬爾木忽兒句布喀又有統兵將阿里原文蔑兒斤人不知即太祖與仇之蔑兒乞否併紳民共守以典首領公舉忽馬爾為帥由其為王母族也則是康里人矣一日有游騎至城下掠牛馬城人欺其寡出城逐之追至一花園伏兵在內突出圍攻追兵死者幾及十万未免太多敗卒入城蒙兀兵亦從而入海蘭門城門名同日已沈西仍

退次日攻城城將斐里敦古里率五百人於城下拒之朮赤昆弟既至周視城形勢招降不下近城無石伐大木填濠令三千人往截河道城跨河故詳西域傳為城兵圍攻盡死自是守者胆壯朮赤察合台素不協師不和亦無律城兵以是屢敗蒙兵原注其地有高阜皆蒙兵髑骨葬所今猶存七閱月之久城不下時帝已在塔里堪三子遣人以軍事來告帝廉得其實怒而命窩闊台總諸軍窩闊台乃至兩兄處極力和解軍復振力攻下之城內節節為守巷戰七晝夜驅民至野約十萬人以婦稚工匠從軍壯丁則用以臨前敵凡蒙兀兵一人分得二十四人計民之充兵

者數逾五萬若是則蒙兵不過二千餘矣未免太少或他族之兵不能分民故得此數城中焚燬殆盡城有教士曰捏直哀丁克兒費聞望素着帝先聞之使人告以速出城免罹禍且許以百人從行捏直哀丁謂親族甚衆皆在城當與衆共生死迨城破亦死帝於蛇年秋自撒馬爾干起行偕拖雷汗往那黑沙不見釋地一路游牧過帖木兒嘎哈兒哈帖木兒義為鉄即鉄門關也先遣拖雷汗往定呼拉商自至忒耳迷斯城濱河攻十日破之驅民出城分於各軍一老婦藏大珠索之不肯獻而吞於口剖其腹出珠自是死者腹多被剖至連格兒特句薩蠻兩地未詳亦殺掠分軍收巴達克山半藉兵力半

藉招撫皆平定無梗命者質渾河北悉平遂渡質渾河阿母河之古稱時已冬末馬年春原作蛇年殆是譯悞至已而黑貝勒津注此下原書闕文有紳民餽禮物查閱戶口令民出城分於各軍既而盡殺之平毀民居自此至塔力堪攻其寨取之又圍諾司雷脫柯寨極堅固守者皆敢死士七月末下多桑云先已遣將來則七月之久始於蛇年冬非始於馬年春也拖雷汗先自帖木兒嘎哈兒哈進征自統中軍他將率左右翼順蔑兒委察克之路應是蔑而甫察克即元史之馬魯察葉可經巴哈句黑速兒皆取之此兩處未詳疑是寨堡非城名取蔑而甫至你沙不兒又取賽剌黑思見前阿陛彼兒特當即巴瓦兒的詳釋地捏速即前之訥薩徒思見前札只闌祕史

有出黑扯連城即札只闌朱温句八吉克句哈甫句賽罕句魯達巴特似皆城寨名皆無考亦取你沙不兒皆在是年春帝自塔力堪台拖雷汗於大暑之前回營親征錄秘史皆有此語拖雷汗遂由苦喝以斯單過桔姆折闌河取海拉特城即也里詳親征錄注乃歸見帝合兵攻塔力堪堅寨始下之察合台窩濶台亦自貨勒自彌來謁札赤則自貨勒自彌挈行李以行蓋移軍別處錄所謂還營所也以上之語悉可考證親征錄帝復進攻八米俺察合台子莫圖根傷於矢而卒他書譯作莫阿圖堪帝最愛此孫下令力攻始下遇生物悉殺名其地曰卯庫兒干蒙古語卯不好也秘史蒙文寨曰豁兒合合字音近喀此作庫兒干殆由是致訛義殆謂寨至今斯地無人

煙帝不令察合台知莫圖根之死一日諸子侍食帝佯發怒察合台惶恐跪地謂如不從父命則死帝問斯言誠否力矢非僞帝乃告以莫圖根陣沒我令軍中勿悲哀汝當遵我命察合台聞言昏暈忍淚侍食如故既而出至野外痛哭始返是夏帝駐塔力堪馬年夏其時只拉兒哀丁在嘎自尼蔑兩甫酋汗蔑里克以兵四萬來從又有突兒蠻人賽甫哀丁阿格拉黑亦以四萬人從多桑云是喀剌赤人古鄗耳之地哀密耳皆從之古鄗耳先為一國詳西域傳當哲別速不台之追蘇爾灘也脫忽察兒繼進汗蔑里克自以國勢敗壞蔑兩甫之地不可久居乃率兵往古鄗耳之

郭古兒只境內郭古兒只無考似即下文郭昔耳只斯單遣人納降於帝帝即令哲速等將如經汗蔑里克之地不得肆擾二將如命不犯而去脫忽察兒後至縱軍劫掠徵求一如曩日情狀其地山居之人與戰致死陣沒脫忽察兒汗蔑里克遣人告帝曰我勸我主謨罕默德貨勒自彌沙降附而我主不從乃其自取滅亡我則壹意歸順哲別諸延過我境未擾而去速不台亦如之乃脫忽察兒獨不如是山居之人告以降服而彼不聽依然劫奪將八剌克勤之人地名無考及山居之人驅逐以致交戰隕命若此大事豈可以此等人將兵也仍以衣服餽帝為謝然汗蔑里克究恐

懼不自安又聞只拉兒哀丁奔至嘎自尼衆集勢盛復遣人往附以上之事皆可證明親征錄秘史汗蔑里克並非國主或其封爵或即其名元史作蔑里可汗既嫌倒置亦混君稱秘史蒙文是矣然以汗為一句蔑里克為一句仍悞以為國主也脫忽察兒之死諸書所無貝勒津譯拉施特之書復引西域人邁哈溫或之說云脫忽察兒或謂死於海拉特或謂死於你沙不兒今觀此書則亦海拉特為近似多桑之書則謂在你沙不兒多桑記西域事宗志費尼之書居多敘述此事始末甚詳故西域補傳從多桑說與此畧異時帝已嚴守郭古耳只斯單猶言郭古耳之地方札布勒句喀不爾之地即可不里詳釋地皆要隘令失吉忽禿忽率兵南征部將曰謨喀哲曰謨兒哈爾曰烏克兒古兒札曰古都斯古兒札汗下二名見部族考共兵三萬取以上所言之地而防只拉兒哀丁汗蔑里克所駐地距失吉

忽秃忽軍不遠蒙兀軍中但知其已降不知其又歸附只拉兒哀丁陰告以君駐酡爾彎（即元史之八魯彎）不忍移軍我當來合追汗蔑里克潛引已衆并康里人而去失吉忽秃忽始知其有異心亟追之夜半追及失吉忽秃忽以昏夜不敢浪戰令待次曉汗蔑里克即乘夜疾引去天曉時已與只拉兒哀丁軍合康里人亦至勢益盛先數日謨喀荅謨兒哈爾暨他將圍斡里淹城已將下只拉兒哀丁忽自酡爾彎馳至突攻傷千餘人二將以衆寡不敵退而渡河駐營以守繼復退與失吉忽秃忽相合仍前進敵亦前進相遇只拉兒哀丁自率中軍令汗蔑

里克率右翼與賽甫哀丁阿格拉黑率左翼戰一日無勝負失吉忽禿忽令軍中縛氈象人置士卒身後連夜製成以助勢疑敵次日又戰敵軍果疑援至只拉兒哀丁呼曰我衆甚盛不必畏也可分兩翼以繞之於是衆奮鬬亦漸合失吉忽禿忽令軍士視旗所向衝突敵陣然已四面受敵力不能支遂奔敵騎多良馳而追殺死者無算帝聞敗信憂而不形於色謂失吉忽禿忽素能戰狃於常勝未經挫折今有此敗當益精細增閱歷矣只拉兒哀丁既得勝分所虜獲汗蔑里克與賽甫哀丁阿格拉黑爭一駿騎汗蔑里克以策撾其面只拉兒哀丁以

其為王母族人也不之禁賽甫哀丁阿格拉黑怒夜率所部往起兒漫句沙克闌句庫特之山而去（起兒漫詳西域傳餘地無考）只拉兒哀丁軍勢頗弱又聞帝大軍將至益恐即退至嘎自尼謀渡信地河（阿名詳瀛環志略即印度河下皆作印親征錄作辛河秘史作申河皆僅著上一字音）失吉忽禿忽敗歸見帝訴烏克兒古兒札古都斯古兒札不識戰陣機宜平日言兵事極似有才迨臨陣乃毫無布置以致敗衂帝即自將起師（云是馬年）全軍皆離塔力堪行速不及炊飯至前戰處詢忽禿忽烏克兒二將列陣何處敵陣列何處責其不善擇地二將同受訓斥至嘎自尼知只拉兒哀丁前十五日已行令八罷

手里委赤轄城事引軍亟追時只拉兒哀丁已備船將於明日西渡帝夜疾行次曉追及圍之欲生獲只拉兒哀丁令軍中不發矢復令烏克兒古兒札古都斯古兒札阻遏敵兵不令近河岸蓋防其登舟逸去既而敵兵漸退至河二將猛攻其右翼汗蔑里克不能支欲遁費薩倭兒地名多桑作丕式倭兒而帝軍已截守道路殺汗蔑里克右翼全敗只拉兒哀丁率中軍自晨戰至日中左右翼皆覆沒中軍僅七百人左右衝突諸軍以奉令不發矢為其突圍而出棄盾執旗纖縱馬入印度河泳水而逸帝見之以口咬指謂子曰凡為子者皆應如此語晦疑是凡為將者皆應如此

拉施特此處有詩述帝語意如謂此等好漢我素未聞未見將來恐為後患諸軍亦欲追入水帝阻止之獲只拉兒哀丁之妻其子被殺其輜重先已投印度河令善泅者撈取遣八剌諸延原文札剌亦兒人率衆追入印度復遣朵兒伯同往原文族名已缺此可證明秘史案秘史卷十蒙文謂朵兒伯之姓為朵兒別台則當是朵兒邊人既入印度而不得蹤跡取壁遏城多朵作壁耶為堡寨名又往木而灘其地無石伐木為筏以石攻具既備而暑氣甚熾當是羊年夏遂捨去躑拉火耳向壁薩烏爾句蔑里克甫爾諸城皆在西印度未至中印度大掠而回印度河東帝既遣八剌於羊年春歸至印度河上游令窩濶台往定印度河下游諸地遂大掠嘎自尼虜其人

以行城亦毀又遣人禀命於父欲往攻昔義斯單帝曰天已暑宜即回當遣别將往攻窩濶台遂由該勒姆西兒之路而回是夏帝避暑於酡爾彎以待八剌諾延恙掠酡爾彎近處八剌朶兒伯至帝遂往古臘温庫爾干秘史蒙文帝溯申河以至格温斡羅罕親征錄上避暑八魯彎川候八剌那顏用討近敵悉平之八剌那顏至遂行至可温寨錄為寨名秘史釋為河名案蒙文寨曰路兒合小河曰路羅罕有時亦作酪羅合二音易混或是寨名或寨在河濱以河為名多桑作窩濶台亦至在古南庫爾干刪去温字音譯音似遜酡克部爾冬其地之胥曰薩拉爾阿黑默特自縛來降並餽軍糧以地熱士卒多病令民每戶舂黍米百斤供士卒三人之食下云其時哲速二將收定阿而俺阿特耳佩占義拉克失兒彎等處分設官吏

及至士卒病愈，帝欲由印度斯單至唐古特之路而回，行未數程，聞唐古特又叛，一路山荒林密，道途險巇，水土惡劣，行旅易病，乃回至費薩倭兒，仍循來時之路而返。案此即元史帝至東印度國一語所由來也。當是脫光亦顏原有斯語，特欲往未果，譯者不察，遂謂已至東印度。然西游記並無是事，豈帝遣別隊探路，長春未之知耶。猴年順八米俺山路行，南征時留輜重於八格蘭，至是取以行，渡質渾河，冬至撒馬爾干，令蘇爾灘母妻在輜重前先行，俾其辭別故土而哭，諸軍在後，不使聞其哭也。帝至費那克河，河名未詳。上文亦作費那克特。除朮赤外，諸子皆至，會議既畢，徐行回軍。下云成吉思汗之事紀述至此，應敘哲速二將之事及謨罕默德蘇爾灘在海島中如何死狀。案蘇爾灘之死已見前文此下又並未言及不知何以突來斯語只拉兒哀丁自你沙不兒遁嘎自尼時哲別速不台遣人請命於帝謂蘇爾灘已死只拉兒哀丁已遁我等應往何處待命而行惟望於一二年間仰賴天祐得與主上所立期限繞奇卜察克之地以往蒙兀里斯單其後又屢遣人奏事時西域之地多亂每次奏事皆以三四百人護送軍入義拉克裏海南部名呼拉商以東皆是詳西域傳注取哈耳城當即胡凡耳詳釋地西模曩城至立亞城掠之立亞未詳至枯姆城大殺掠西往哈馬丹其商賽特罨哲哀丁阿拉昌都勒䰰衣騎遣官入守聞別隊至薩哈斯合以下文當是贊章爲其商塔勤沙拉赤句庫赤布克汗

所敗遂往贊章大屠戮又往可斯費音以民守城辱詈力攻下之民猶力戰兩軍共亡五萬人義拉克境內多羅兵鋒是年冬寒最甚兵在立亞境內帝在忒耳迷斯那黑沙不之地則是蛇年冬矣既而兵入阿特耳佩占為西域鄰部詳西域傳所過殺掠將及台白利司部主阿塔畢鄂思伯克云其父名札罕伯克立究匿不敢出遣人迎降餽牛羊馬及衣服二將即入阿而俺駐冬欲入谷魯斤即元史曷思麥里傳之谷兒只尾音轉為谷魯斤今西人多稱為曲兒只遇其部萬人來禦臨陣痛詈戰敗其衆以其境內路隘林密退而往梅拉喀路經台白利司部主復遣官曰薩木斯哀丁土格雷出餽軍資進攻梅拉

喀城主為婦人不習戰事城民乃自募丁壯為守蒙兀軍驅俘獲之衆爬城退縮者斬數日城破大殺掠欲入的呀別起耳他書多作的呀佩兗耳哀而墜耳皆部落名詳西域傳而哈馬丹城有貨勒自彌沙舊將只馬哀丁阿叱亞糾衆作亂殺所置守吏并擒阿拉昷都勒下於獄二將復回哈馬丹破其城只馬哀丁阿叱亞求降仍戮之平毀哈馬丹往那希拉巒未詳破其城城酋乞降允之原文與以木牌及紅色物不知何物又入阿而俺下昔拉白城往貝列堪屠其城取甘札城皆詳西域傳又入谷魯斤兵來禦哲別以五千人設伏速不台迎戰佯敗敵追而伏起殺其衆三萬入失兒灣部

（即昌思麦里傳之失兒灣沙城）破得耳奔特關門（即打耳班皆詳西域傳及釋地）遣使告失兒灣沙（沙為君稱）速覓鄉導人來比導者十人至殺其一為倘不善導路即有如此例入阿蘭部（即阿速）阿蘭人糾合奇卜察克人來戰（即欽察）無勝負二將遣告奇卜察克人我等皆一類阿蘭為異類（欽察阿速接壤亦當同類考諸西書欽察人並非青目赤髮而元人所撰庚申外史云朝廷聞紅軍起命樞密院同知赫斯禿赤領阿速軍六千并各支漢軍討潁上紅軍阿速者綠睛回回也素號精悍善騎射然則阿速人乃真青目故二將謂其異類矣欽察人非青目赤髮見釋地）我等當立約議和不相侵犯如欲財物皆可致餽因厚遺之奇卜察克人引去由是戰勝阿蘭大殺掠奇卜察克人散歸不為備二將出不意攻入其部盡返所

遺物敗衆多逃入俄羅斯遂往速達克城城在海濱與康里但丁諾白爾城相對就地形而言光係黑海北境元史地理志之撒吉剌西域人亦稱速嘎特此云速達克即速嘎特之變音鄉詳釋地其敗其衆下其城遂至俄羅斯界上奇卜察克人逃入俄者聚集俄兵來攻二將見其勢盛按兵不動敵以為怯亟進而蒙兀軍退追十二日蒙兀兵忽回戰七日之久盡敗敵衆掠其地旋即東返遵帝所命之路而還拉施特叙二將北伐之事甚畧多桑傳引他書所紀加詳具哲伯傳帝親征塔赤克而回塔赤即條支大食之由來詳西域傳條支考猴年在路駐夏過冬行及已境皇孫呼光賚即世祖今本改音較元史本音為勝忽拉護來迎即旭烈兀今西人多譯稱忽拉古時呼光賚十一歲忽

蒙古游牧記謂鄂爾多斯盟名伊克昭，蒙古謂大曰伊克，廟曰昭。理藩院則例
伊克昭境內有清成吉斯汗園寢，札薩克一員專司經理。復引蒙古源流以輦奉柩至所卜久
安之地，立白屋八間，在阿勒坦山陰、哈岱山陽之大鄂特克地方，建立陵寢。阿勒坦山即鄂爾多斯
右翼中旗西北之阿爾布坦山，哈岱山即哈魯特山。史謂葬起輦谷，在今賽因諾顏左翼右旗
與鄂爾多旗右翼中旗兩界之交無疑。據此則太祖葬地在今榆林府西北河套地內外，元初
為西夏地。然考蒙古源流，謂以輦奉柩至穆納之淖爾處，所乘車輪挺然不動。吉爾根巴圖
爾歷舉鄂嫩、德里袞布勒搭干、克嚕倫等地，而謂汗何戀唐古特反昔日屬眾蒙古
等棄擲。言畢，柩因徐徐轉動，遂至所卜久安之地。鄂嫩、克魯倫皆河名。德里袞布勒
搭干即秘史之迭里温孛勒答黑，太祖誕生地也。
太祖必不葬於西夏。張穆引此之，其誤顯然。本紀六月帝至清水縣西江，為今甘肅秦州境。
七月壬午不豫，己丑崩於薩里川哈老徒之行宮。今鄂爾多斯右翼前旗西南有哈柳圖
河，東南流合鄂河金河東入榆林邊。蒙古名金河曰錫喇烏蘇，史之薩里與錫喇對音，哈老
徒、哈柳圖音合。鄂爾多斯當是崩地，非葬地，誤以為園寢。徐霆黑韃事略：霆見忒沒
真墓在瀘溝河之側，山水環繞，正與西域書合。

增竹他子孫則別葬之地也。注下

剌護九歲在乃蠻界上阿拉馬克委之地云近阿木兒忽真在吉勒河卯邊仍未詳呼必賚射一兔忽拉護射一山羊蒙兀禮幼者初獵得生物則以鮮血染長者拇指呼必賚輕携帝手拭之忽拉護携帝手甚重帝曰你如此用力可為羞恥譯文難通其解但依其語書之行至布哈蘇赤忽地未詳支金帳設宴大犒三軍地係沙土令各營取石壓墊營帳以免傾側則有烏布赤諾延云是烏克之弟兄不以石但支木帝笞之宴會時射獵為樂烏布赤又不從衆合圍以是留之於營七日不令出從烏布赤惶恐謂如責我當遣我往他處帝乃恕其罪與以一條路大約遣往他處難年春至老營夏在舊

居駐夏拉施特此書紀年悉同史錄殆周國史如是不能立異說見前聞唐古特又叛雞年秋整軍攻合申本紀伐西夏在丙戌春親征錄則云乙酉秋復總兵征西夏此書與錄同令察合台以本部兵守老營後路其時朮赤卒窩闊台從帝軍拖雷汗因婦唆魯禾克帖尼出痘原作西兒忽克屯別姬與元史字音相合故從元史緩行數日帝在途令窩闊台之子庫延疑是闊端之訛古由克歸即貴由定宗名二孫求賞賚帝曰所有之物已盡歸拖雷彼係家主他西書謂蒙古俗幼子得父遺產故斡赤斤之名惟幼子得稱義為守竈解見秘史注拖雷以幼子從父儼如家主其後帝崩遂監國親征錄謂太上皇帝時為太子皆即斯義未可斥其誣妄其後拖雷汗以衣物分餽之帝以海拉特王之祖忽魯札克與古由克謂汝有病可令其管膳海拉特封

親征錄可證

蓋是戌年事此悮紀於雞年

國建藩詳西域下傳惟忽魯札克之名無考軍至唐古特取甘州肅州業史錄皆謂丙戌入西夏其取甘肅等州本紀繫之於夏下文之狗年當移於此乃合原書之悮譯者之悮不可知矣甘州肅州下又有戈州疑為河洲又取兀剌孩城見秘史蒙文即史錄之斡羅孩圍滴兒雪開城秘史蒙文朵兒蔑該注謂靈州蓋即滴兒雪開合申主失都兒忽土人稱曰李王失都兒忽見秘史謂是來降後帝為改名今考帝未崩前西夏主但納降未來謁則失都兒忽當即其名西夏主亦曰李睍故稱李王由其伊兒開都城原注土語伊兒開蒙古語則云額兒起牙蓋即本紀所謂夏王城秘史蒙文稱甯夏曰額里合牙是也率五十營兵來援帝移軍往迎地多河已冰合云河皆從黃河丙出則是黃河支流本紀丙戌十一月庚申帝攻靈州夏遣嵬名令公來援丙寅帝渡河擊夏師兵皆從冰上行令衆射矢無許虛發此戰殺人無算蒙兀兵死十之

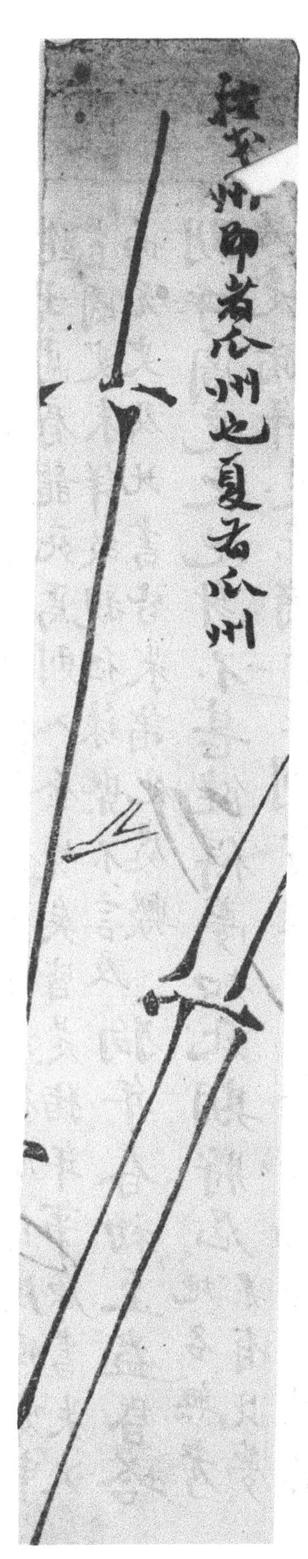

[illegible]安州即肅瓜州也夏者瓜州

一合申兵死者增兩倍失都兒忽逃回都城帝曰彼經此敗力不能復振矣不甚措意越其都城往取他城既攻下各城後即入乞解境此即本紀丁亥春帝留兵攻夏王城自率師渡河攻積石州等事四月帝次龍德拔德順等州德順節度使愛申進士馬肩龍死焉則入金境矣皆是猪年事原書失次豈國史未詳故親征錄槩不言及而元史及此書皆采諸他處歟狗年春初至盎昏塔朗呼圖克之地身不甚健得夢知死期將屆地名無考果有此夢必是猪年而非狗年是時諸子在側者惟亦孫哥阿克注云朮赤哈薩兒之子也即亦孫哥所謂阿克未詳何義因問窩濶台拖雷今何在相離遠否亦孫哥阿克謂僅離二三里即遣人名至次晨帝告諸將及從官今有事與諸子商汝等暫避迨衆退乃曰我

殆至壽終時矣我為汝等剏此基業無論東西南北自此首往彼首皆有一歲程期我遺命無他汝等欲能禦敵多得民人必須合衆心為一心方可享受永遠國祚我死後汝等奉窩濶台為主又曰汝等可各歸理事我享此大名死無所憾我願歸於故土察合台雖不在側當不至背我遺命而生亂言畢即麾諸子出自率兵往南紀牙斯必係指南宋而名稱不得其解久乃悟為南朝二字變音斯字為尾文當時南朝為通稱故蒙文用之所至之地皆迎降行至六盤山為主兒只南紀牙斯合申三處交界之地此同本紀無所謂秘史之雪山也主兒只闐其至遣使納賄行成見本紀丁亥六月一大珠盛於盤圍小珠

無數帝問何人之耳穿眼可來領珠耶律希亮傳有諸王傀耳珠不受之事可見蒙古當日男子有穿耳者盡散於衆有續至求珠者擲珠滿地俟其自取遂夥陷入泥土其後尚有人檢獲失都兒忽自念屢叛屢敗今已全境被擾不能復振惟有乞降因遣使來立誓歸誠謂不敢望收之為子帝允其請又以備貢物遷民戶須展限一月乃得自來朝謁帝亦允之告以令我尚病且無來令脫侖扯兒必前往安撫失都兒忽帝自此病日漸臨崩之前告其大臣我死且不發喪勿令敵知待合申主來即盡殺之豬年八月十五日帝崩上文未紀豬年必有奪悞元史言七月此云八月當依元史蓋中歷西歷天方歷各各不同易於舛

錯拉施特云崩期在年中則七月是矣帝崩之先夏王城降而未下西夏主未來祕史固不足憑蒙古源流謂納西夏之后致病爲甯來事真是無稽讕語辨見祕史注諸將遵遺命不發喪俟合申主來謁殺之而後發喪奉柩歸老營四鄂爾多皆日舉哀遠處得信亦皆奔喪三月而後畢集先時帝至一處見孤樹愛之盤桓樹下良久謂左右曰我死即葬於此其後有人述前命遂卜葬樹下據云葬後樹皆叢生後成密林不辨墓在何樹之下雖當日送葬者亦莫能識據云墓在克魯倫河葉子奇草木子述元世葬法深埋之後用萬馬蹴平俟草青方解嚴則已漫同平坡無復考誌遺跡蓋不欲人知也此書所述尤係葬後廣植茂林使人莫辨同一作用拖雷汗蒙哥汗呼必賚汗阿里布哥即阿里不哥皆附葬於此他子孫則

别葬守墓者為烏梁海人考此非蒙古之烏梁海詳氏族　國朝張鵬翮奉使俄羅斯行程録歸化城乃元之豐州二十日早發二十一日入祁連山遠望石峰疊翠入其中則羣阜蜿蜒相傳元世帝后俱潛厝此山不立陵墓今以地圖考之歸自化城北非太祖葬地所謂他子孫則别葬之地也

兎年至猪年帝崩凡九年帝之事迹國史及他書所載多簡而不詳今畧補之庶乎帝在生時何年為何事讀史者可以知其大概矣所謂補者當即指帝伐西域之事　蒙兀人多謂帝七十二歲生死皆猪年此為突而屈年分其金棺至老營在當年某月十五日貝勒津注原文某月字不能辨以星度考之蓋已七十五歲此當是天方歷由歷法有論日論月之别以突而屈歷計年應七十三歲其生在年中其崩亦在年中

故以月論則七十五以日論則七十三國史所記年分當父在時尚年幼固無可言及至其身事變迭起不能得詳以此少記四十年事迹父在至父沒共十三年父沒之後衆多畔從泰亦赤兀謌倫兀格煞費心力始留任少許人帝受泰亦赤兀朱里牙特（案此書誤合札只剌特與朱里牙特為一故云受朱里牙特之厄其實非也當云札只剌特）蔑兒乞（即太祖后被擄之事）塔塔兒等人許多驚恐然得天祐不特免難且能陸續收滅其衆如是者又二十七年二十七年之首年為鼠年末年為虎年蓋至虎年而甚强云（原書以下復從虎年後免年起畧述每年事迹如書之目錄然大抵複述上文殊嫌其煩贅故不譯着）

孫渠眞頌贊致不諱者
文曰孫然大敬頑上上文　年兌略上每年書迫如書
造充年蓋至充年古集源云　部書以下頑從充年後兌
梁如是者文二十大年二十大年以首年為服年末年
等入年多籌照採探天結不符充雜且念生讀故滅其
其實非也當以札以利結　發兌己卯藏之事發答兌
為一族云發木里各諸之兄　又大祖後巳與來裏了陷
佳必計入帝受今亦赤允未呈云諸剋書該台札只
沒之後界呈從泰亦非乃詩倫乃格數濟已力始路
得詳以此方紀四十年事迹文在至文及共十三年文
當大在諸古年紹圖典可言及全其事變迭教不能
數以月論則大十五以日論則大十三週史所紀年分

附太祖訓言補輯拉施特采訪太祖嘉言懿行多國史未載而別見著述者凡三十條

自來西人悉未譯及惟貝勒津譯之元史謂帝深沉有大略用兵如神惜當日史官未備或多失於記載今考此三十條中不乏至理名言戒酒一條畧見元史阿剌忽思的斤忽里傳傳爾朮救帝矢傷一條亦畧見元秘史惟秘史謂是者勒蔑所叙情節不盡符合各據傳聞誠不能免歧異也譯而存之但潤色其詞不改易其義深沉有大畧史論可以窺見一斑云

凡子不率父教弟不率兄教夫疑其妻妻忤其夫男虐待其已聘之女女慢視其已字之男長者不約束幼者幼者不受長者約束高位達官信用親近遺棄疏遠富厚之家不急公而吝財若是之人必至流為匪類變為叛賊家則喪國則亡臨敵則遇殃我嚴切

告戒以防此弊於是將領中有材士卒中有材下至厮養各盡其職仰荷天祐大業以成冬夏游牧馬騰士飽咸無缺乏使子孫悉依吾訓行之雖千年萬年可也

諸王百官不依我告戒則禍害立至思再得成吉思汗以提命汝等奚可得哉告戒如下（此條應併合上條乃是然原文確分為二）

諸諾延每歲二次來受教令歸則實力奉行自能綱舉目張鈐束部曲若面從心違致我教令如石落水如矢入草若此人者不可使居衆上

能治家者即能治國能轄十人者即能轄千人萬人能理己事即能理國事為國禦敵

什人之長不盡職者去之即於此什人中選擇為長

出一令發一言必三人謂然而後可行已一人也更以人言衡之又一人矣更以有識者之言衡之則又一人矣是謂三人否則令勿出言勿發

幼者見長者長者未問幼者勿先發此條有譬喻甚費解不譯

馬肥時能疾馳瘦時亦馳肥瘦得中亦馳乃為良馬此喻語也孚義甚廣

將士臨敵當思得名如圍獵然禱祐於天務多獲而

後已

臨民之道如乳牛有安靜和易無言成化之意臨敵之道如鷙鳥言猛迅也二語頗類子書

一言而見為善必行其言見為不善則不必行其言

知己為何如人乃能知人為何如人

人不能如日光無遠近不燭則家事賴有內佐夫或外出客至其家款接食飲必致豐腆而後謂盡婦職遐邇稱譽觀其家即可知其人矣至今外蒙古風俗尚如是

人在忙遽倉猝時當法達爾海烏哈日者達爾海烏哈出二人從遠見敵者二人從者謂以三人攻二人

往必勝達爾海烏哈曰我已見彼彼豈不見我哉言外之意謂彼見我人衆而不逃必有計也策馬去之合於己衆既而知此二人一為塔塔兒背帖木兒烏哈潛伏五百餘人於山隘獨出誘敵往則為擒矣

圍獵時多得獸此是賓戰陣時多殺敵此是主若天為鬬一生路則我可以緩而人可以忘言不當窮追勿捨人亦不至飲恨甚深也

言勇無如也孫伯貝終日戰而不疲不飲不食而不飢渴人莫能也然不可使為將彼視人猶己士卒疲矣飢渴矣而彼不知也故為將者必知己之疲知己之

飢渴而後推之於人其行軍也必知路之遠近以量士馬之力量力自弱者始弱者能之强者無弗能矣此條不惟將將且見君子人之道

商賈善居積物之良楛纖悉必計將領之教子弟亦然騎射之事講肄精良必如良賈牟利視若身心性命之不可忽也

教戒子弟毋使忘本不可使其但知鮮衣美食乘駿馬擁嬌姬則將忘我等開刱之勞

嗜酒者昏若聾若瞽心手無主執業俱廢酒之亂性不問人之善惡也語義甚精君嗜酒則君失職百僚嗜酒

則臣失職將嗜酒則軍制弛兵嗜酒則事變生常人嗜酒則將傾家僕役嗜酒則將嗜受責不得已而節飲一月三次足矣或二次能不飲者尤加人一等

我昔征乞解阿勒壇汗時解帶置項解馬掛之釦跪禱於天請報俺巴海句烏勤巴勒哈之仇一為我祖弟兄一為我父弟兄天若許我則祐我得勝由是敗阿勒壇汗得其土地

我後登阿爾泰山以望已營我軍之多如林從軍之女亦可成隊我願其口饜肥甘身饜文繡居得華屋牧得腴地道途之內荆棘不生此我之素志也

汝等不從我教初二次責辱之三次則流於巴勒真
句忽兒珠爾之地（地名未詳）歸而仍不從教則下諸獄終
不改則令宗親共議其罪

自將帥以至士卒雖無敵時亦當籌備一聞號令立
即起行

男子生於巴兒古真脫窟姆及斡難克魯倫之地皆
聰慧有膽量不待十分指示即能領會道理女子亦
然不待脩飭自然端好

我遣木訶里國王征南京取七十二城馳使奏捷問
可旋師否告以盡取之而後歸使者回報木訶里問

主上尚有何言使者謂別無所言惟伸姆指以示巨擘之獎木訶里又問主上之伸姆指真謂我否曰然木訶里曰如是則我之不惜身命亦不枉矣又問此外何人得邀主上之伸姆指使者曰更有博爾朮句孛兒忽勒句虎必來句赤老根句哈剌察兒元末駙馬帖木兒五世祖名見元秘史札歹句巴歹句克失里克即乞失里黑謂此等人護衛我皆能得力或調鷹或牧馬或善戰皆有所長此條似非太祖之言而原文乃入太祖語氣

有將巴剌哈剌赤問我曰主上如是神武無堅不破請問有何徵兆我告之曰我未即位之先嘗獨出遇

六人守隘口不得過我持刀以前矢如雨集而我無一傷殺此六人而行歸途經六屍傍其六騎猶在我即驅之以歸所謂徵兆如是而已

一日與博爾朮同行遇二十餘人設伏於嶺博爾朮從而後我不及待即往攻之矢傷我口昏仆於地博爾朮至見我傷重以熱水飲我凝血乃吐重復往攻二十餘人始以為必死繼乃大驚皆來降博爾朮由是寵異

成吉思汗少時晨起理髮見有白髮數莖左右皆訝謂年少不應有此成吉思汗曰天命我為衆人之長

所以先與我以老態為為長者之兆

成吉思問博爾朮等人生何者最樂博爾朮曰臂名鷹控駿騎御華服暮春之天出獵於野斯為最樂博爾忽勒曰鷹鶻自空搏擊飛禽不搏落不止憑騎觀之斯為最樂虎必來曰圍獵之時衆獸驚突觀者最樂成吉思汗曰不然人生之樂莫如殲戢仇敵如木拔根乘其駿馬納其妻女以備後宮乃為最樂

貝勒津自注云至今韃靼部族相傳有此告戒語本子而第四條語已不全不如拉施特所紀之完善第五條為國禦敵作為國禦病之意條悮第六條悮將什人之長作為物名第七條將第二層人言漏去第八條亦悮第十條當思得名語意較此更暢惟以下語晦十二條語微異而理不差二十五條韃靼本甚

不好三十條
則無之矣
此條另行
附太祖諸弟世系原書即在本紀內今摘出附錄於後也速該次子朮赤哈薩兒朮赤其名哈薩兒義為猛獸以其軀幹甚偉故有是稱力能折人為兩截滅乃蠻時主中軍甚出力故帝予以賞格凡其後人位次在皇族之上至今時仍有此制其後人與可汗親王同坐所謂親王當指皇子而言相傳有四十子惟三人著稱一也古一脫古印脫忽一也生哥即移相哥也古也生哥事迹見於史策脫古事迹不詳也古脫古身材皆小也生哥獨偉岸朮赤哈薩兒薨也古嗣位也古薨也古子阿兒哈孫嗣位案太宗本紀或作野苦亦作也古憲宗元二年本紀作也

古三年也古以怨襲諸王禿剌兒營故罷其征高麗之兵乃是年冬命宗王也虎與洪福源同征高麗耶虎無考豈即也古而仍令東征耶憲宗三年後也古不見於史阿兒哈孫無考世祖二十五年四月甲申詔皇孫撫諸軍討叛王火魯火孫合丹禿魯蒙哥可汗火魯火孫似即阿兒哈孫而世次不符西域史此語殆誤抑由西人誤譯汗呼必賚可汗時也生哥嗣位歷膺重任統領全軍可汗與阿里布喀戰即阿里不哥也生哥助王師相傳壽至七十五歲可汗名至議事髮無一莖白者憲宗元年本紀始見亦孫哥世祖中統元年也先哥率東道諸王二年賜也相哥金印至元四年賑移相哥所部饑民皆即也生哥四年後不見其名蒙哥可汗時朮赤哈薩兒數妃尚在其分地在阿爾袞河枯拉淖爾海拉兒客魯倫河東北流豬為枯輪淖爾再出而東北為額爾古納河東有海拉兒河自東南來會此之枯拉淖爾當即枯輪淖爾海拉兒

當即海拉兒河俄圖稱海拉兒（內府圖作海拉爾）水道提綱作開拉里詳親征錄海刺兒帖尼火魯罕注兩地皆符則阿爾袞河當即額兒古納河下云近斡赤斤大王封地當是朮赤哈薩兒地在北斡赤斤地在東南伯帖木兒傳敗乃顏兵於忽爾阿刺河追至海拉兒河又敗之忽爾阿刺疑是阿爾忽刺即額兒古納地近斡赤斤後王封地也古子貝達克（無考）又有子火兒哈孫（當即上之阿兒哈哈孫）上古子也不根也生哥子愛每根當呼必賚可汗時愛每根嗣其父也生哥位宗室世系表也苦子愛哥阿不干移相哥子勢都兒脫忽大王未載有子今考也不根即阿不干而愛每根似即愛哥恐兩域傳聞有悮然也若三王子嗣何以寥落如是史表亦未盡可憑愛每根子失（勢）格圖（都）兒繼嗣亦在呼必賚可汗時失（勢）格圖（都）兒與斡赤斤後王禿格察爾之孫合而謀叛即乃（顏）為可汗所誅分其軍失格圖兒即表之勢都兒

世祖二十四年本紀作失都兒又二十九年正月賜諸王失都兒金千兩豈已悔罪歸誠耶抑名同人異耶

朮赤哈薩兒後人分領一軍從至西域阿八哈時尚在今亦有存者朮赤哈薩兒有一子曰巴忽兒達爾（云以面色淡白故有是名）其母阿爾壇哈敦火魯剌思人朮赤哈薩兒又娶僕婦濶濶真甚美生子哈拉兒珠在襁褓中即屬阿爾壇哈敦撫養哈拉兒珠有七子曰帖木兒無後曰沙里曰木哥都（二子曰布克兒台曰庫倫沙喝）曰忽圖哥其子阿兒斯蘭從忽拉古護至西域而卒（上云分領一軍至西當即其人）曰沙兒速克塔（二子曰忽占曰札馬赤）曰孟岱兒（子烏而傑特木拉）曰呼兒達喀無後相傳窩濶台可汗時察合台遣

使来告從前共飲食之人今已漸少如可汗遣舊人来庶易共理國事是以可汗命哈拉兒珠前往阿爾壇哈敦不顧遠離亦偕行並挈其孫徹兒吉歹同往徹兒吉歹時尚幼為巴忽兒達爾長子其次子失其名幼即卒徹兒吉歹五子曰奇卜察克二子曰台柱曰霍拉戴曰蘇圖曰庫克皆無後曰圖丹土喝塔曰台兒極兒三子曰巴魄曰布拉兒吉曰普拉特其後八剌克與阿八哈爭戰詳阿八哈傳哈拉兒珠徹兒吉歹同助戰八剌克敗兵亦散二人相謀謂本是可汗命吾等西來吾等今當往依阿八哈遂至梭庫兒魯克之地謁阿八哈厚撫而納之

先令庫克從阿爾渾阿八哈子繼令蘇圖亦往從又令圖丹土喝塔管倉糧亦令台兒極兒管糧因其不能任事改令隨扈沙兒速克塔孟岱兒呼兒達喀皆從阿八哈侍以親王之禮

也速該三子哈準生子甚多嗣位者為伊兒吉歹即史表之只吉歹按窩濶台蒙哥呼必賚可汗皆重之遇大事必與商分地在東方近長城近主兒只地主兒只即女直業地當在今吉林西南盛京熱河以北又近亦乞剌思部地哈蘭真額剌特及兀兒古以河哈蘭真即太祖與王汗戰地額剌特即祕史之額列惕沙陀之謂兀兒古以河即祕史之兀勒灰河史錄作兀魯回水道提綱盧河土名烏爾虎河亦作吳兒灰內府輿圖作烏爾

揮蒙古游牧記作鄂爾虎烏珠穆沁左翼旗地餘詳太祖本紀補證無人從至西域伊兒吉歹子察忽剌嗣位察忽剌子哈剌忽兒嗣位哈剌忽兒子哈丹嗣位哈丹子勝格納哈兒嗣位史表按只吉歹子曰哈丹曰察忽剌曰忽列虎濟南王勝納哈為龍王忽剌出之子哈丹之孫此書世系不符又無忽剌出恐悮業按只吉歹太宗五年八年本紀俱作按赤帶定宗憲宗本紀俱作按只帶而世祖中統元年三月幸東道諸王來會者僅有忽剌忽兒無按只帶十二月賜諸王銀及文綺帛則有按只帶忽剌忽兒合丹忽納出勝納哈兒當是一家人故連類受賜惟察忽剌未見世祖本紀憲宗三年癸丑世祖征大理諸王抄合也只烈帥東道兵史表無抄合似是察忽剌也只烈似即表之濟南王也只里無為察忽剌子故疑是也中統二年忽剌忽兒所部民飢免上供羊至元九年十二月諸王忽剌出拘括逃民高麗界中高麗達魯花赤上其事詔高麗諸民猶未安集禁罷之至元二十年諸王勝納哈兒設王府官三員二十

四年與乃顏同叛罷勝納哈濟南分地所署官嗣後本紀不著其名惟至元三十年詔舊隸乃顏勝納答兒女直戶四百虛麋廪銀令屯田揚州列傳惟忽憐土土哈傳兩見其名忽憐傳作聲刺哈兒土土哈傳作勝刺哈又謂乃顏陰遣使來結勝刺哈為土土哈所執盡得其情勝刺哈設宴邀二大將土土哈以為事不可測遂止計不得行未幾有旨令勝刺哈入朝將由東道進土土哈言於北安王曰彼分地在東是縱虎入山林也乃令從西道進據此則勝納哈從北安王備禦海都在西北邊雖預乃顏逆謀而事機已洩西道入朝不及偕乃顏稱兵矣曾否伏誅紀傳皆不得考又案本紀二十四年四月乃顏反五月帝親征八月車駕還上都諭從叛諸王赴江南諸省從軍自効十月桑哥言諸王勝納合兒印文曰皇姪貴宗之寶實非人臣所宜用因其分地改為濟南王印為宜濟南封號當始於此史表接只吉歹冠以濟南王殊悮諸王表濟南王下云也只里至元二十四年封當是勝納哈兒叛後改封也只里

呼必賚可汗查伊兒吉歹後人共有六百信不可勝格納哈兒

以與斡赤斤後人同叛被誅

也速該四子帖木哥斡赤斤人常稱為斡赤那顏其長妃曰珊達克勤為斡勒忽訥特氏與諤倫太后同族咸尊敬之斡赤那顏好土木喜建宮室苑囿成吉思汗愛其幼弟延之上坐其子亦令位己子之上成吉思汗分與軍五千故部衆甚盛分地在蒙古東北面界外已無蒙古人生子甚多薨後子禿格察兒嗣（史作塔察兒）呼必賚可汗名宗王議事禿格察兒必與其列阿里布哈叛時令禿格察兒往討敗其衆久在軍中運籌治事壽甚高薨後子乞卜嗣乞卜子亦曰禿

歐陽元高昌偰氏家傳撒吉思與火魯和孫馳白皇后帖列聶氏授塔察兒以皇太弟寶龍襲爵為王案太宗六皇后名脫列哥那秘史作朵列格捏當即帖列聶[illegible]曰氏者傳之悞也斡赤之薨當在六皇后稱國時

格察兒嗣乞卜位禿格察兒蕘子哀楚兒嗣哀楚兒蕘子乃顔嗣呼必賚查其族派有七百人可汗暮年乃顔與勢格都兒勝格納哈兒及果魯干後人額不干即也不干窩濶台可汗後人烏魯克庫騰無考結海都而叛可汗征之或誅或赦軍盡分析今已無其後人分地業世系大悮撒吉思傳斡真蕘長子只不干蚤世適孫塔察兒幼庶兄脫迭狂恣欲廢適自立撒吉思與火魯和孫馳白皇后乃援塔察兒以皇太弟寶襲爵為王敘述甚明史表世次亦同惟只不干有兒斡端與傳長子之說不符表又無脫迭惟塔察兒弟帖實之子脫帖音同而世次不同此云乞卜當即只不干之訛奪干字音悮作斡赤那顔之孫塔察兒輔立憲宗率軍南征屢見本紀世祖即位率東道諸王來迎至元九年十年賜其軍幣帛賑其部饑民此後本紀無其名何人嗣位史不可考表謂是壽王乃蠻

台未可信此之哀楚兒似即史之阿朮魯惟表為斡端子塔察兒同祖兄弟表無阿朮魯後裔則此云哀楚兒子乃顏叛亂伏誅似非妄撰史表以顏為別里古台曾孫乃元史者據之以地里志肇州附於廣寧府路下引哈剌八都魯傳內乃顏故地一語為證謂乃顏為孛魯古歹孫今考本紀太宗八年分賜諸王民戶斡陳那顏平灤州世祖中統元年七月詔給諸王塔察兒益都平州封邑歲賦金帛至元二十四年乃顏叛罷乃顏所署益都平灤分地達魯花赤則為斡陳後人無疑廣寧王下乃顏名同人異錢氏大昕廿二史考異以史表有二也不干亦引廿四年罷也不干河間分地達魯花赤定叛王也不干為潤列堅曾孫而未敢言乃顏今以西域書證之實與本紀吻合至西域書之兩禿格察兒必然有悞或傳抄之訛也又乃顏封地在東弄兵亦在東本紀五月帝親征高麗王瞎請益兵征乃顏以五百人赴之六月諸王勢都兒所部鉄哥率其黨取咸平府渡遼欲劫取豪懿州守臣求援以北京戍軍千人赴之七月失都兒犯咸平宣慰塔出從皇子愛牙赤出瀋州進討宣慰亦兒撒合分兵趣懿州其黨悉平八月車駕還上都

瀋州饑又經乃顏叛兵蹂踐免其今歲絲銀租賦九
月咸平懿州北京以乃顏叛民廢耕作詔以海運糧
賑之塔出傳言女直水達達官民與乃顏連結伯帖
木兒傳敗乃顏兵於忽爾阿剌河追至海拉兒又敗
之此二地僅此一見似是東瀋之西境詳見前注
傳又云乃顏黨率衆走山前似指興安嶺又云追戰
於札剌馬禿河追至夢哥山擒金家奴萬小傳乃顏
叛率兵征之六月至撒里禿魯之地同都萬戶闊里
鉄木兒與乃顏將黃海戰大敗之又從世祖與塔不
台戰又敗之是月至乃顏之地奉旨留蒙古女直漢
軍鎮哈剌河復選精騎扈駕至失剌斡耳朵從御史
大夫玉速帖木兒討乃顏七月至札剌麻禿與金家
奴戰敗之追至蒙可山那兀江等處遂平金家奴塔
不台等所謂至乃顏地留軍鎮哈剌河蓋守路後兼
防他道敵兵蒙古謂黑昌哈剌兀是黑河蒙古游牧
記潢河亦名湟水自克什克騰旗界發源河東流至巴
林旗界為大遼水之西一源唐書地理志營州北四
百里至潢水今稱錫剌木倫蒙古謂黃為錫剌遼史
地理志上京臨潢府有潢河復有黑河周廣順中胡
嶠陷北記謂渡湟水明日又渡黑水宋薛映記及富

戳

弼行程錄並謂渡湟水石橋五十里至保和館渡黑水河沈括筆談謂黑山在大漠北有黑水出其下是黑河在今巴林界蒙古稱哈剌木倫亦作喀喇木倫下流入西遼河亦作西剌木倫據遼河之西扼南北要路本紀勢都兒所部鐵哥渡遼欲劫取豪懿州可知當日軍情以遼河為要害乃顏封地則在遼河迤北扎剌麻禿當即伯帖木兒傳扎剌馬禿河遍考中外地圖無合音者惟水道提綱綽爾河於兩山間出平地又東南百數十里合西來之賽勒河又數十里合東北來之馬拉兎河又百里合西來之特門河經科爾沁右翼北境綽爾河亦作纛兒如以綽爾馬拉兎兩河合言即扎剌馬禿叉提綱洮兒河亦日拖羅河源出西興安山東麓東南流有查木哈兎河自北來會查木哈兎亦與扎剌馬禿音近以地勢軍程考之二河皆在左近傳下云追至那兀江即今之嫩江亦曰諾尼嫩尼明初日腦溫江元祕史作納浯江尤與那兀音類綽爾河洮兒河皆東入嫩江故知是也蒙古山即蒙哥山未得確考博羅歡傳謂太祖分封東諸侯其地與戶以二十為滓乃顏得其九忙兀兀魯扎剌兒宏吉烈亦其烈思五諸侯得其十一惟徹

五諸侯兵自足當之何至上煩乘輿哉此傳所言東方地户已盡於是則朮赤哈薩兒哈準兩王分地將於何屬又四月乃顔反五月帝即親征傳羅歡雖有是言殊乖廟算史傳乃津津道之悮矣銕（銕）哥傳叛王塔不台率兵逼行在而陣李庭傳從帝親征塔不台金家奴來拒戰傳羅歡傳亦有戰塔不帶事而似世祖並未親征皆非事實大約太祖諸弟斡陳那顔分地最廣轄軍最多自枯倫淖爾以東兆兒河南北嫩江東西大率屬其封境西域書謂分地在蒙古東北面界外已無蒙古人是也忽憐傳乃顔聲刺哈兒叛世祖親征哈答罕衆甚盛忽憐迎敵敗之哈答罕走度猱河還其巢猱即那兀之合音即嫩江本記至元二十二年十月塔海弟六十言今百姓及諸投下民俱令造船於女直而女直又復發為軍工役繁甚乃顔勝納哈兒兩投下鷹坊採金等户獨不調有旨遣使發其民亦力撒合傳二十一年改北京宣慰使諸書（王）乃顔鎮遼東有異志密請備之二傳皆可為證乃顔平後次年哈丹禿魯干復叛李庭傳伯帖木兒傳皆謂是諸王土土哈傳擊走叛王銕哥擒叛王哈兒魯凡此諸王名與阿沙不花傳乃顔叛諸王納牙等

皆應之阿沙不花北說納牙諸王之謀皆解史表太祖諸弟位下悉無其名不知何王之裔讀元史者所以昏瞀迷亂而無所措手也

也速該五子別勒格台子甚多薨後子扎富都嗣即表之爪都惟表是據非是子又太宗七年九年本紀即見口温不花據表是別里古台次子然憲宗元年本紀尚見別里古帶即別勒格台則太宗時別勒格台猶在至世祖中統元年則爪都率東道諸王或爪都逕嗣其祖之位故西域書誤以為子人謂其有百婦百子享壽甚高妻子至前有不識者呼必賚可汗命其子那木罕征海都有叛王將擒那木罕以叛扎富都預謀既而扎富都歸充格察兒請可汗置諸重典可汗謂其歷有勳勞不可殺貝勒津注原文可汗前與某某戰扎富都甚出力某某字已不辨案當即阿里不哥

中統三年賜廣寧王爪都駝鈕金鍍銀印及諸王合必赤行軍印合必赤大破阿里不哥軍見二年本紀必由此役之勞故同受賜合必赤在世祖朝屢著戰功而世系表無考　惟分其軍遣往鄭河守護邊界鄭河不能確考常自採薪爲炊從者請代其勞謂從前有罪今當以此補過可汗查其本支有八百人可汗云哈薩兒四千子今有八百人別勒古台後人百人何以亦只八百或言於上哈薩兒後人盛別勒格台後人衰今別勒格台後王仍在可汗處供職未言後王從乃顏叛案史表別里古台曾孫承襲徹里帖木兒廣甯王封爵本紀二十四年正月敕諸王闊里帖木兒節制諸軍乃顏遣使徵東道兵諭闊里鉄木兒母發闊里似即徹里是別勒古台後王未與叛謀西域書又未言其分地案別里古台傳以斡難怯魯之地建營以居沈垚西游記釋地謂即斡

難河怯緑憐河本傳並無河字未敢信其必是地里志廣甯府路金為廣甯府元封孛魯古歹為廣甯王舊立廣甯行帥府事後以地遠還治臨潢立總管府復云有醫巫閭山為北鎮在府城西北二十里則當在遼東本傳賜以廣甯路恩州二城以為分地別里古台孫霍歷極以疾廢不能軍世祖俾居於恩以統其藩人今考地里志廣甯路下並無恩州凡此疑竇皆屬無從明晰自來讀元史者為宗室世系表所悮皆以叛王乃顏為別勒格台之後真不白之冤矣又太祖弟四人別勒格台為異母弟並非最幼而列序居末西域書謂異視之不如與四子等殆非妄臆然史獨有傳而三王皆無傳恐以嗣王叛逆宗正削其屬籍明臣脩史無所依據遂無三王傳而別勒格台獨有傳也又元史本傳其子孫最多居處近太祖行在所南接按只台營地似即其分地按只台似即哈準大王之子

附太祖后妃皇子公主表補輯

拉施特書云成吉思婦有五百正妻五人案五百恐是五十之訛元史四大鄂爾多此多一人

孛兒台夫人翁吉剌特氏特因那顏女秘史蒙文作孛兒帖兀真

解亢真為夫人西域書則遷稱夫人元史孛兒台旭真似悞以稱謂為名生四子五女蔑兒乞攻成吉思汗掠孛兒台而去時已懷孕蔑兒乞與王汗交好以孛兒台贈王汗王汗因與也速該為按荅收而厚撫之部下咸勸王汗娶孛兒台王汗不從成吉思汗聞信遣扎剌亦兒人撒巴請於王汗歸孛兒台中途扎赤生倉卒無裹兒具道途復不平坦撒巴乃摶麪為兒睡具挈以歸以是稱名扎赤後轄奇卜察克等地次子察合台轄突而吉斯單以至阿母河今篤哇汗及其子庫特魯克火者皆其後三子窩闊台嗣帝位其子古由克又别子之後海都别有紀

四子圖里汗史作拖雷亦稱也可那顏又曰烏魯克那顏
義皆謂大那顏成吉思汗常稱之曰奴可兒謂義為從者以常在左右之故
蒙元秘史蒙文那可兒解為伴當即此圖里義為鏡薨後蒙古人諱言
圖里稱鏡為庫斯古無考西人謂是突厥語其子蒙哥呼必賫
皆別有紀今在位者帖木兒可汗即成宗合贊汗皆其
後長女火真別姬先議配王汗子鮮昆之子而未成
秘史桑昆子禿撒哈此作禿生布亦必有誤故刪後適亦乞剌思人孛徒古
兒干古爾干義謂女壻次女扯扯干適衛剌特人忽禿哈別
乞之子脫拉兒赤秘史作扯扯亦堅亦納勒赤史表濶濶干公主適脫亦列赤秘史作
亦納勒赤未是三女阿勒海別姬適汪古部主之子石奎夷

哀忒蠻譯曰鎮古拉施特部族考則云姪不云子棠
史傳阿剌合思别吉忽里死於難妻子與姪避地雲中
太祖既定雲中購求得之以其子孛要合尚幼封其
姪鎮國為北平王鎮國薨子聶古台襲爵尚睿宗女
孛要合幼從攻西域還封北平王尚阿剌海别吉公
主公主明睿有智畧車駕征伐四出嘗使留守軍國
大政咨禀而後行師出無内顧憂公主之力也孟珙
蒙達備録二公主曰阿里黑百因俗曰必姬夫人曾
嫁金國亡臣白四部死寡居今領白韃靼國事日逐
看經有婦女數千人事之征伐斬殺皆自己出據孟
珙言則所謂留守乃掌汪古部事非太祖本部太祖
西征斡赤斤居守元秘史西游記可證别無阿剌海
居守之語作此傳者悞會也史言孛要合幼從征西域
歸乃尚主孟珙作備録在辛巳歲正太祖在西域追
扎闌丁之年不應即云夫死寡居哀忒蠻謂阿剌海
適鎮古生子訥古台娶拖雷女今棠鎮古即鎮國之
訛訥古台即鎮國子聶古台之訛尚睿宗女語同元史貝
勒津譯作石奎夷即鎮古之訛而奎夷國合音類國反
覆推求必是公主先適鎮國夫死自領汪古部事其
後夫弟字要合自西域還復尚公主鎮國子聶古台

為公主出字要合三子則公主進姬妾所生西域書但言其前元史但言其後蒙達備錄則適當其中蒙古不諱再醮理宜然也黑韃事畧白撕卜即白韃偽太子忒沒真壻偽公主阿剌罕之前夫此為確證白撕卜即白四部亦即史之鎮國何以二名不得其考西域書謂阿剌海年在窩濶台拖雷之間則是太宗妹睿宗姊餘詳汪古部族考

四女禿馬倫適翁吉剌特人赤古古爾干原譯遺脫赤古二字據部族考補入元史本紀有赤駒駙馬親征錄作赤渠元秘史作出古史表鄆國公主位禿滿倫公主適赤窟駙馬皆即此赤古部族考謂是阿勒赤那顏之子蓋即國舅按陳那顏蒙達備錄三公主曰阿五嫁之尚書令國舅之子又云按赤那邪見封尚書令為成吉思正后之弟而特薛禪傳但言按陳子斡陳尚睿宗女必是史官失載阿五異名無考或備錄有訛字餘詳部族考

五女阿兒塔楞亦曰阿兒塔魯黑適斡勒忽訥特人札弗圖兒色辰台出古爾干台出其名札弗圖兒色辰乃其稱號色辰即秘史之

薛禪聰明之謂史表某公主適塔出駙馬又某公主適塔出子朮真伯駙馬台出即塔出其子朮真伯見部族考史表某公主名已缺得此可補元史餘見部族考及憲宗本紀補輯又有非正后生之女阿勒敦部族考作阿勒敦此作伊拉勒體更惧元史作也立安敦亦作野立安敦然揔不如祕史阿勒阿勒屯譯音之確畏兀兒部亦都護來歸附成吉思汗稱義子列第五以是女許嫁而亦都護正妻妬忌不令其娶迨正妻死窩闊台乃議遣嫁此處叙述未完詳部族考蒙達備錄云成吉思女七人可知者僅三人今確實可徵者已得六人史表延安公主位火魯公主適哈答駙馬祕史九十五功臣有合歹古列堅合歹即哈答似是太祖壻古列堅即古爾干

此條另行

忽闌哈敦兀洼思蔑兒乞部長帶兒兀孫女生子果魯干成吉思汗愛之視如正室出果魯干四子長忽察

嗣爵忽察長子兀兒圖夷嗣爵即表之忽魯歹兀兒圖夷子額不干與乃顏等叛王作亂呼必賚可汗誅之果魯干史表作潤列堅或作曲里堅分地不可考土土哈傳有言也不干叛者土土哈即日啟行疾驅七晝夜渡秃兀剌河戰於孛怯嶺大敗之也不干僅以身免世祖親征乃顏聞之遣使命土土哈收其餘黨沿河而下秃兀剌河當即土拉河沿河而下當是沿客魯倫河則也不干分地似在客魯倫河[illegible]

果魯干從拔都西征俄羅斯受傷而卒見拔都傳

而[illegible]道[illegible]見[illegible]傳此敘世系悉符史此悮另行

表惟言果魯干四子而[illegible]表但著忽察三乙也速凱特塔塔兒人原作別速凱特元史秘史皆作也速據以改正史表特第三斡耳朵曰也速皇后第四曰也速干皇后此之別速凱特字音近也速干而增特字尾音蒙古源流作濟蘇凱恐次序悮倒下詳生子曰察兀兒幼卒華書無考哀或蠻譯兀察兀兒

四日公主哈敦阿勒壇汗之女原作昆主哈敦謂是金主之女則必是衛

紿王公主金史稱為公主皇后昆主必是公主之訛貌不揚成吉思汗以其為
貴主故厚之無出阿里布喀作亂時尚在
五曰也速侖為也速凱特妹秘史也速干云我的姐姐名也遂又云也速干
將他位子讓與也遂坐了則也遂位次當在前也速
干次序在後此之也速侖乃是也速干上文也速凱
特乃是也遂
此外位分稍遜而著稱者一曰阿卜哈喀敦喀敦即哈敦
王汗弟札罕不之女阿卜哈之姊妹別克土以迷失夫人
適朮赤見元史祭祀志第三室皇伯考朮赤伯妣別土出迷失阿卜哈秘史作亦巴合唆魯
和克台別姬適圖里生四子憲宗本紀唆魯未帖尼后妃表同惟禾作和秘
史莎兒合黑塔尼音亦同惟云扎合敢不有二女成
此多一女睿宗十一子此云四子蓋言其親生

吉思汗一日得惡夢因以阿卜哈賜與乃魯特人怯台那顏奩資家產悉令將去惟留一金盃及斟酒之人以為遺念部族考亦詳載大同小異秘史載此事則為賞功與西域所聞不同怯台即主兒扯歹

一日古兒八速哈敦乃蠻太陽汗之正室成吉思汗寵之照蒙古禮節成婚秘史謂塔陽汗母

一乃蠻女失其名從成吉思汗生子角兒赤早卒拉施特紀太祖伐金分軍為三之役有將主兒赤歹注曰成吉思汗幼子亦見親征錄作朮赤台此之角兒赤而奪歹字音蒙達備錄謂成吉思子甚多長子比因破金國攻西京時陣亡今二太子即為大太子名約直又云劉伯林雲內人有子甚勇忒沒真長子戰死遂將長子之妃嫁伯林子哀忒蠻譯本謂

必即主兒赤

乃蠻女生一子為帝最長子曰忽兒赤陽早卒忽兒赤陽必即朮兒徹歹之訛蒙古子以母貴不以年齒分長幼如別勒格台亦然或者年長於諸弟而序次在正后所生子後故謂幼子[illegible]

通鑑續編太祖六子大太子述赤性卞急而善戰早卒二太子察合歹性慎密為眾所畏三太子窩闊台是為太宗四太子拖雷是為睿宗其庶子曰朮兒徹歹曰郭列干

一塔塔兒女從成吉思汗生子兀魯察罕早卒即史表次五之兀魯赤而增罕字耳

一哈敦為唐古特人不知名案即西夏國主女秘史載其名曰察合以其為國主女故此書載之下云逮哈特願得之成吉思汗即以為贈不解其故附錄注中

附太祖年壽考異

元史本紀太祖二十二年丁亥崩壽六十六逆推之帝生於宋高宗紹興三十二年壬午親征錄於癸亥

年滅王汗後大書特書上春秋四十二與本紀合蒙古源流亦同元祕史未言帝壽惟記也速該卒時帝年九歲乃西域史及西域人私家著述無不謂帝生於猪年崩於猪年十三歲喪父亦在猪年壽七十三則應生於紹興二十五年乙亥烈祖之崩在孝宗乾道三年丁亥始謂其說謬妄此考孟珙蒙達備錄謂成吉思汗生於甲戌則為乙亥上一年歲數鄰近入蒙古以草青紀歲不云幾歲而云幾草故傳述易訛若甲戌壬午上下相距九年不應舛錯至此復考陶宗儀輟耕錄元順帝朝詔脩遼金宋三史楊維楨著正統辨謂宋祖

生於丁亥丙建國於庚申我太祖之降年與建國之年年亦同宋以甲戌渡江而平江南於乙亥丙子之年我王師渡江平江南之年亦同建國庚申之說諸書無徵惟西域史詳載猴年滅泰亦兀敗哈答斤諸部取威定霸固在斯時必謂建國是年似由鐵崖傅會然太祖徵名邱處機詔云七載之中成大業六合之內為一統自庚申至丙寅即帝位正七年鐵崖是說殆有由來非盡出於比附自來星命家占婚擇日但論年支不論年干生於乙亥乃與宋祖生於丁亥符合鐵崖此辨上之於朝斷然不敢臆撰然則元史等

書未可盡信而殊方異論未可盡疑矣詳引附識以俟世之博雅君子論定焉

元經世大典地圖跋

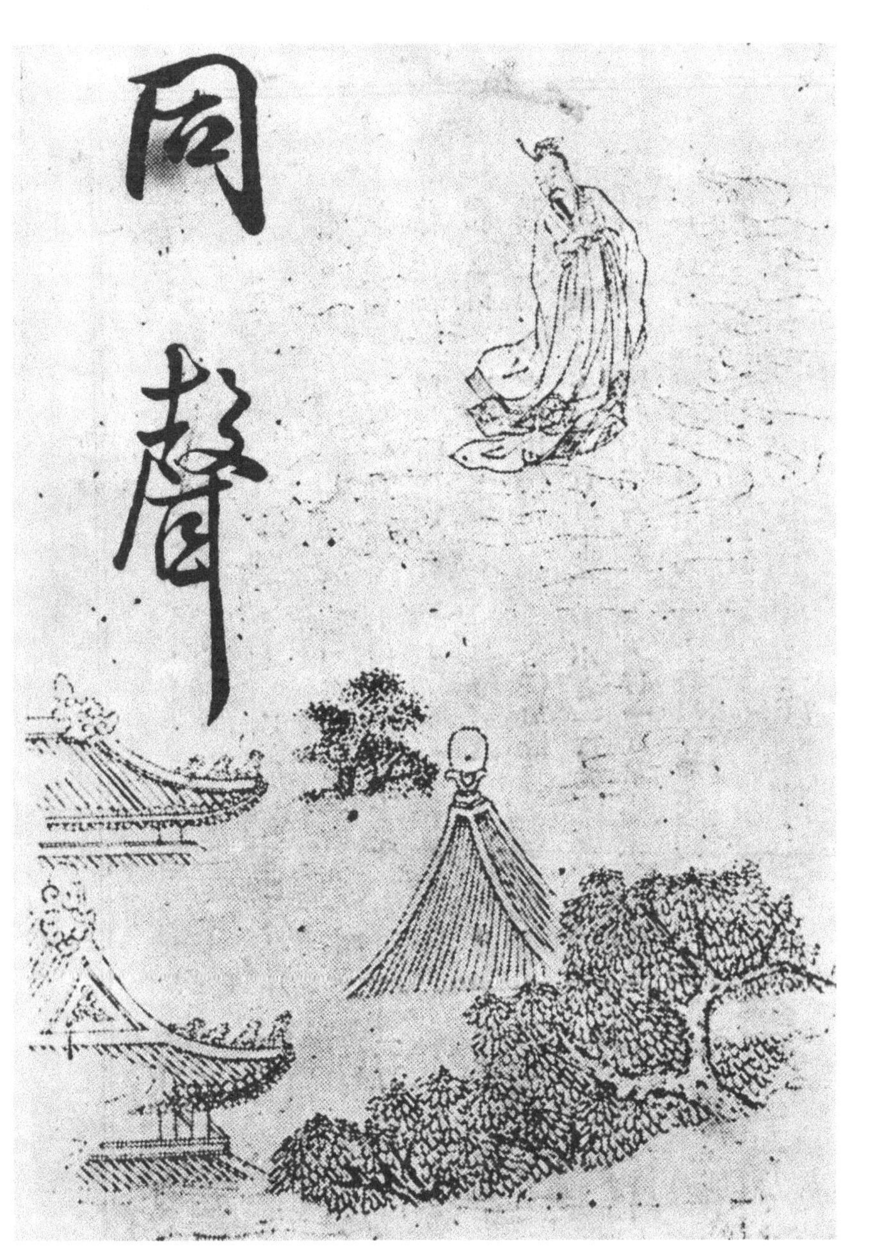

中華郵政登記認爲第一類新聞紙類
宣傳部登記證京誌字第三號

第三卷 第二號

宣傳部登記證京誌字第三號
中華郵政登記認為第一類新聞紙類

第三卷 第二號

同聲月刊第三卷第二號目錄

論著

玉谿生詩評 續　張爾田

東鱗西爪錄 續　冒廣生

宋詞選釋 賚洲漁笛譜　山中白雲詞　俞陛雲

詞律拾遺再補 續　映庵

彙輯宋人詞話 續　映庵

詞林逸響述要　龍沐勛

入蜀驛程記 續　俞陛雲

詩詞

今詩苑　同聲社采輯

同聲月刊 第三卷 第二號

二

同聲社采輯

今詞林

文錄

扶建梁始興忠武王碑記　仇埰

橋西草堂記　李霈湫

遺著

羅霄山人醉語　文廷式

元經世大典圖跋　洪鈞

預告

本刊擬自下期起擴大範圍兼載有關文史藝術之論著并已約定周作人瞿兌之沈啓无姜叔明諸先生擔任纂述特此預告

同聲月刊社謹啓

元經世大典地圖跋

洪鈞

右元經世大典地圖。得自永樂大典。即元史地里志末附西北地名二頁。可失哈耳即今喀什噶爾也。乞失迷耳即今克什米爾也。巴答哈傷即今巴達克山也。畏吾兒即今土魯番也。阿力麻里即今伊犁也。別失八里即今烏魯木齊也。阿羅思即俄羅斯也。塔失里即塔什干也。其開方無里數。不可據依。且西北正位。反處四隅。則方位區畫亦未善。故特去其三橫畫。而加葱嶺斜亘之畫。繞絡其間。且增天竺士伯特于闐沙州四名于其東南。以醒閱者之目。開國初崐山徐尚書修一統志時。元一統志尚存。而災于傳是樓之刧。然觀元史志及此圖之荒略。則知元一統志。亦不過詳十三省。而西北塞外。荒略正同。未必果有星羅掌燦之編。勒成一代之典。而元史棄之于前。徐崐山復不采之於後也。（案以上似係魏氏原跋）

案魏氏是圖。即張穆所貽。跋云。某地即今某地。皆是。惟云塔失里即塔什干。圖中祇有塔失八里。強删八字固非。且地在合剌火者。畏兀兒地之東。當在今之哈密一帶。（圖中柯詵里即今哈密）塔什干遠在西域。西臨錫爾河。（塔什干即圖中察赤詳下）東西相距數千里。望文生義。強附求合。誤一。喀什噶爾以西。葱嶺橫亘南北。若喀什噶爾西北。即無葱嶺之名。唐元奘之西游也。往時取道於天山北。故未言及葱嶺。歸時取道於天山南。乃東越葱嶺。邱長春之西游也。亦由天山北路。逕今伊犁以西。孔道通衢。無一語及葱嶺。魏氏乃以葱嶺斜亘圖中。豈今之烏拉嶺即葱嶺北支耶。誤一。圖中巴補柯散。皆在葱嶺西北。而畫之於東。圖之忽炭。即今之和闐。古之于闐。魏氏不知。妄增于闐於其東南。誤二。不賽因爲憲宗弟旭烈兀之後。史表失載。而名屢見於本紀。其爲西域宗藩無疑。駙馬賽馬爾罕。不知何人。明史謂駙馬帖木兒得於撒馬爾罕。或即賽馬爾罕。然係地名非人名。圖中云即駙馬賽馬爾罕之祖。追溯之語。斷非元圖原有。必係魏氏妄增。月祖伯爲太祖長子朮赤之後。世系無訛。然亦決非原圖所有。掩古圖之眞。復參臆謬之見。此失之尤者。至於乞里浩沙杭。圖無浩字。的里安圖作的安里。或原圖之誤。或魏氏刊書時未加詳校。皆不可知。今永樂大典原圖不可復得。今魏氏此圖。別無可本。爰爲二圖。一悉依魏氏。一加校正。刪其臆增。易置方向。庶合地形。便觀覽焉。

圖旁東二地。曰柯模里。曰塔失八里。

柯模里在喀喇火者魯古塵東。明史。柳城東去哈密千里。則柯模里必即哈密。漢伊吾廬地。明帝置宜禾都尉。領屯田。唐爲伊州。以州將陳氏領州。歷五代暨宋未改。後乃屬畏兀兒。元末以威武王納忽里鎮之。明永樂初歸款。四年。立哈密衛。哈密之名始此。元史至元二十三年。賜合迷里貧民牛種。給鈔當其價。二十四年。合迷裏民饑。以屯田餘糧給之。二十五年。合木里饑。命甘肅省發米千石振之。五行志。合木里部饑。脫力世官傳。憲宗命其父長渴密里曲先諸宗滸地。巴而朮阿兒忒的斤傳。火赤哈兒遐鎮火州。屯於州南哈密力之地。北方軍忽至。大戰。力盡死之。似爲哈密所省稱。然應在火州東。不應在南。明史於赤斤沙州罕東諸衞後。列哈梅里。云地近甘肅。元諸王兀納失里居之。與哈密衞明是兩地。則元史之合迷里。合迷裏。合木里。合木裏。渴密里。哈密力。未可必其卽是哈密也。

塔失八里在喀模里東。無考。西人云。中西載籍皆無此城名。案突厥語。石爲塔失。城爲八里。回紇語同。西域圖志。回部歷代教主墓前多樹碑石。名塔哩克塔實。又唐石國卽今之塔什干城。塔什譯義爲石。曰塔失。曰塔實。曰塔什。皆同。宋王延德使高昌。先歷小石州。次歷伊州。小石州今亦無考。似卽此城。

圖西旁四地。曰丹牙。曰吉思荅你。曰的迷失吉。曰迷思耳。

丹牙在最北。西人云。大約是達米牙特。應在的迷失吉迷思耳之北。吉思答你之南。達米牙特爲蒙古地中海濱通商大埠著名之地。故知是也。

吉思答你。西人云。當卽東羅馬都城康斯灘丁之變音。先時突厥人阿剌比人波斯人皆稱康斯灘丁爲康思灘體那。圖作你。由體字音而變。

的迷失吉。今西國皆稱達馬斯克。爲西里亞部內名城。坤輿圖說。如德亞之西有國曰達馬斯谷是也。本應稱的迷失吉。西人譯誤。又西人云。明史有的迷失吉人火亦孚束。上書求游歷中國。未允。今考明史天方傳。宏治十七年。復貢。其使臣請游覽中土。禮臣疑其有狡心。以非故事格之。未言其人何名。其居何地。乾隆年間。法人阿米攸居中國京師。購獲異域文稿甚多。內有此書。原文譯稿並全。西人當時不知。後見明史。知卽此事。蓋會同四譯館所藏前朝文卷。爲人盜出。傳與西人也。

米思兒卽埃及。阿剌比人稱埃及曰迷思兒。元史郭侃傳作密昔兒。劉郁西使記。一本作密昔爾。一本作密乞兒。案埃及迤北西里亞之地。曾屬埃及。故西里亞亦稱迷思兒。郭侃傳及西使記。皆當指西里亞而言。此圖在的迷失吉西南。則是埃及矣。明史西域傳。米昔兒一名密思兒。永樂中。遣使朝貢。正統六年。王鎖魯檀阿失阿福術來貢。禮官言其地極遠。未有賜例。

嘉興沈慈護兄。以其先人乙菴先生所藏洪文卿侍郎元史譯文證補稿本見示。後附經世大典地圖並長跋。據張孟劬先生言。洪書有陸刻本。此圖及跋皆失載。殊爲可惜。惟地圖不易製版。特先將跋語刊出。清季學者。如李芍農（文田）。洪文卿（鈞）。沈乙菴（曾植）。文道希（廷式）諸先生。咸留心西北史地之學。用力甚勤。洪沈遺稿多未刊。當商諸慈護。借錄副本。以謀版行。想亦留意東方文化者之所樂覩也。癸未仲春。龍沐勛附記。

元史地理志西北地附録釋地

中華郵政登記認為第一類新聞紙類
宣傳部登記證京誌字第三號

第三卷 第六號

宣傳部登記證京誌字第三號
中華郵政登記認為第一類新聞紙類

第三卷 第六號

同聲月刊第三卷第六號目錄

專著

桑下叢談續　藥堂

戈順卿詞林正韻糾正續　映庵

宋詞選釋晏殊　張先　黃庭堅　劉克莊　俞陛雲

入蜀驛程記續　俞陛雲

詩詞

今詩苑　同聲社采輯

今詞林　同聲社采輯

文錄

說巫　映庵

同聲月刊　第三卷　第六號　二

繡春館詞序　任援道
汪精衞先生復國行實錄序　李宣倜
石齋圖序　陳方恪
楊雲史先生家傳　陳灨一
遺著
元史地理志西北地附錄釋地　洪鈞

本社啓事

本刊近以銷行日廣而印工紙料繼漲增高迫不獲已除原有交換機關及惠稿諸君外一概停止贈送務祈愛護本社諸君賜以原諒惠款訂閱又本刊舊出各期除第二卷第一號至第五號早經售罄外餘自創刊號起至最近各期止存書不多有欲補購者每期連郵收國幣五元請逕函本社接洽可也

同聲月刊社謹啓

元史地理志西北地附錄釋地

吳縣洪　鈞文卿

案元史書法有二。凡國名部族名地名皆高一格書。如途魯吉爲突厥轉音。柯耳魯即唐書之葛邏祿。畏兀兒即回紇。皆國名部族名。而即以名其地。若撒耳柯思、阿蘭阿思、欽察不里阿耳、皆部族名。亦爲國名。若阿羅思則國名也。撒吉剌亦城名。亦地名也。花剌子模亦地名。亦國名也。八哈剌音怯失忽里模子皆海島名。統謂之地名。八吉打即劉郁西使記之報達。本城名而假爲國名。孫丹尼牙應作蘇爾灘尼牙。義兼王都王畿。不可僅以城名目之。故亦高一格書。其低一格書者。大率城名。間有以城名爲國名。如阿里麻里毛夕里羅耳之類。然先惟蕞爾小邦。後已夷爲郡邑。則亦可以城名統之。吉利吉思部族名。撼合納謙州益蘭州皆地名。不入藩王封域。當猶受吏於朝。元史文宗本紀。至順元年三月。遣諸王桑哥班撒忒迷失買哥分使西北。諸王燕只吉台不賽因月即別等所。今考察合台後王世系。燕只吉台之次。即篤來帖木兒。而本紀至順二年八月即云。西域諸王答兒麻襲朶列帖木兒之位。遣諸王孛兒只吉台等來朝貢。則篤來帖木兒在位不過歲餘。元年三月使往之時。正篤來帖木兒繼及之時。元史之西北地經世大典之地圖。必係此次行人馳驅之度。登進朝端。元代三藩史錄。得存梗概。賴有此耳。經世大典地圖。與此附錄相輔而行。魏默深元代西北疆域考。謂金山南北不奉正朔者垂五十年。故大典地圖不著海都所封。豈知作此圖時。海都早沒。其子察八兒兵敗歸命於朝。金山南北悉屬察合台後王。而吉利吉思等地。已無叛藩竊據耶。張石洲以大典圖貽默深。刻入海國圖志。今經世大典殘本已盡佚。而魏氏圖志。惟道光年間初刻本五十卷載有此圖。同治年間續刻本一百卷又遺之矣。俄人裴智乃耳德。挾賢伎游京師。得圖志初本。詳考圖中方域。鈞奉使至俄。譯其所著書。參以見聞。增訂刪汰。成西北地釋地一卷。本於裴智乃耳德者十居四五。輿地之學津筏之功。誠未敢沒人之美。攘為已有也。（道光年間。俄人帕拉諦居北京三十年。衣華服。誦華書。著作甚多。沒後書稿散於他人。裴智乃耳德此書。或本其稿。）

篤來帖木兒（世系詳見察合台諸王補傳）

途魯吉

元史書法係部族名。非城名。大典圖在可失哈耳北。阿里麻里西南。蓋即西人所稱突而吉斯單也。突而吉為突而屈轉音。亦即突厥轉音。問諸土耳其使臣。其言突厥作突而屈。斯單猶言地方。北人讀突類途。史作突魯吉。但取叶音。未能考義。稽之唐書。為西突厥十姓可汗故地。今西洲之土耳其國。為突厥遺族。故鄰邦稱為土耳其。是可為途魯吉即突厥之證。又謹案西域圖志。回部語言凡三種。自今哈密以西。至喀什噶爾、葉爾羌、和闐。謂之圖爾苛語。圖爾苛亦即途魯吉。

史文有地字。又其書法必爲部族之名。圖在阿里麻里西北。元之阿里麻里。在今伊犂。就字音地望考之。蓋卽元史之哈剌魯。元史沙全傳。哈剌魯人也。罕的斤傳。匣剌魯人。祖匣答兒密立。以斡思堅部哈剌魯人三千來歸。匣剌當卽哈剌之訛。太祖本紀。六年。西域哈剌魯部主阿昔蘭罕來降。以其遠在西陲。故稱西域。（李吏部光庭回紇回回辨。謂哈剌魯卽哈剌火州。望文生義。其說大誤。）元祕史。太祖命忽必來征合兒魯兀（惕）。其主阿兒思闌降附。來見太祖。太祖妻以女。合兒魯兀卽哈剌魯。祕史於人名地名部名。譯音最審。當作哈兒而非哈剌。又喀字音蒙古語每變爲哈。如可汗爲合罕、喀剌爲哈剌、皆是。元西域史稱此部族爲喀耳魯克。（克卽兀之變音）。居地近喀押立。（卽元史之海押立。別有考）。又云。巴魯剌斯人忽必來往征喀耳魯克。未煩兵力。阿兒思闌自來歸服。蒙古稱此部人曰撒兒特。（祕史蒙文作撒兒塔兀勒。又太祖征西域。亦稱之爲撒兒塔兀勒。義爲土著。不逐水草遷徙。詳祕史注）。又唐末波斯地人伊思塔克勒著書。稱爲喀兒立怯。云其居地在古斯之東。回紇之西。（古斯部人。唐末居錫爾河一帶。見西域上傳）。喀兒立怯爲喀耳魯克之變音。皆卽柯耳魯。亦卽元史之哈剌魯。元時居地在巴勒喀什淖爾東南。與西遼接壤。故祕史謂古出魯克往西遼。經畏兀兒合兒魯以往。元史又作罕祿魯。順帝本紀。母罕祿魯氏。名邁來迪。郕王阿爾斯蘭之裔孫也。太祖取西北諸國。阿爾斯蘭率其衆來降。封爲郡王。俾領其部族。明宗北狩過其地。納罕祿氏。明宗本紀。帝西行至北邊。金山西北諸王察阿台等聞帝至。咸率衆來附。柯耳魯在金山西。故明宗過其地。察阿台卽察合台。其時潘王爲篤來帖木兒之兄燕只吉台。史云察阿台。當云察阿台後王。省文非是。新唐書。葛邏祿本突厥諸族。在北廷西北金山之西。跨僕固振水包多怛嶺。有三族。永徽初。三族內屬。顯慶二年。置都督府。三族當東西突厥間。視其興衰。附叛不常。後稍南徙。自號三姓。葉護兵強。甘於門。至德後。葛邏祿浸盛。與回紇爭強。徙十姓可汗故地。盡有碎葉怛邏斯諸城。所謂北廷西北金山之西。正與大典圖形相符。葛邏祿柯耳魯字音亦類。元史類編文翰傳補遺。葛邏祿迺賢。字易之。本葛邏祿氏。世居金山之西。後散處內地。漢姓爲馬。隨兄埜海仲良宦江浙。遂家明州。長於詩。有金臺集、海雲清嘯集、行世。元史無葛邏祿部族。必是柯耳魯。迺賢考唐書自知卽葛邏祿人。故以爲氏。又國朝四庫全書提要。河朔訪古記二卷。納新作。納新族出西北郭囉洛。因以爲氏。郭囉洛原作葛邏祿。納新原作迺賢。今改正。郭囉洛者。以西域圖志考之。卽今之塔爾巴哈台。元時諸色目人散處天下。故納新寓居南陽。後移於鄞縣。案提要之考地是矣。唐時葛邏祿兵雄地廣。塔爾巴哈台自宜在其境內。南宋之世。部衆已衰。僅據一隅之地。以大典圖柯耳魯地考之。更在塔爾巴哈台以西。唐書葛邏祿傳具在。何提要不一引也。元定宗時。天主教王使人濮闌喀批尼東來。其紀行書亦有是部。地望胥合。惟稱爲喀羅拉。則又葛邏祿之變音矣。

畏兀兒地

元史所謂高昌國王亦都護是也。祕史作委吾兒。又作委兀兒。邱長春西游記。至昌八剌城。其王畏午兒。蓋卽唐之回紇。唐書回紇傳。袁紇者。亦曰烏護。曰烏紇。至隋曰韋紇。後稱回紇。是則韋紇爲其本音。韋畏音叶。至紇與兀吾轉注可通。（秦西載籍訛爲畏孤兒）元西域史訓畏兀之義爲聚。言其氣類合聚。不復離渙。（今回人心最齊。此解近情）。可爲唐書回紇傳注解。其地北自別失八里。至哈剌火州以南。皆其轄境。海都篤哇亂後。始失其地（詳下合剌火者釋地）。回紇在唐居於和林。元史巴而朮阿兒忒的斤傳。敍其始起甚詳。所謂薛靈哥水卽色楞格河。禿忽剌水卽土拉河。惟云遷交州後居是者九百七十餘年九字疑誤。上文明言與唐人攻戰。唐以金蓮公主妻玉倫的斤之子。自唐初至宋末。尚不過六百數十年。作史者不應併此不知。虞集高昌王世勳碑。謂遷交州百七十餘載。太祖皇帝龍飛朔漠。則年數又嫌其少。宋太宗遣供奉官王延德使高昌。其時已居交州。故云地熱。產五穀。山有煙氣涌起。至夕光焰若炬。自宋初至元太祖稱帝之年。凡二百餘載。則道園之文亦誤也。（李光廷謂元史此傳。全係杜撰。一以歲次太遠。一以金蓮公主唐書無徵。案元和林有金蓮川。見耶律鑄雙溪醉飲集詩注。金蓮公主之稱。似有由來。歐陽元高昌偰氏家傳。亦溯發祥於和林三水。畏兀兒之卽回紇。證據甚多。豈可輕信一二異說。執正史之微疵。而遽詆爲杜撰耶）。

哥疾甯（本作賽遜作甯）

城名。在巴達克山西南。印度河東。大典圖合。今西圖稱噶自尼。古時亦爲國名。魏書西域傳。伽色尼國在悉萬斤南。悉萬斤卽撒馬爾干。伽色尼與噶自尼字音方向相符。惟云去代一萬二千九百里。較之悉萬斤僅多百八十里。則非哥疾甯。蓋明史之渴石。唐書之史國。亦云羯霜那。伽色尼爲羯霜那之變音。瀛環志略。阿富汗分九部。一曰哈斯那。卽噶自尼。亦卽哥疾甯。又布哈爾屬城有噶斯呢。此卽魏書之伽色尼。西人稱渴石。亦曰渴石那。

可不里

城名。在巴達克山西南。今稱喀不爾。阿富汗部酋建都於此。西人云。古稱喀不拉。宋眞宗景德至孝宗淳熙年間。（西一千年至一千一百八十二年）。先屬噶自尼國。繼屬古耳。後併於貨勒自彌。太祖西征。遂歸蒙古。西人考唐書有高附。當卽其地。蓋高附喀不音近。地望亦合。特無他證佐耳。當在哥疾甯北。而大典圖在東。微誤。道光年間。英人所著萬國地理書。有甲布。卽此。瀛環志略謂卽布哈爾。甚誤。

巴達哈傷

城名。今爲部名。稱巴達克山。自喀什噶爾。越葱嶺以至吐喀里斯單。必由巴達克山經行。吐喀里斯單。即唐之吐火羅。今屬阿富汗。（火字音西書多譯成喀。斯單猶言地方。本是以斯單。羅以合音爲里。故曰吐喀里斯單。西域地名。相承自古。審音考地。沿流溯源。揣摩得之。十可七八）。唐元奘西游記。渡縛芻河。至鉢鐸創那國。縛芻即阿母河。當日元奘東歸。在阿母河上游過渡。正從巴達克山東越葱嶺。則鉢鐸創又即巴達克山之異譯。那字爲印度語尾音。元祕史有巴惕客薛。亦即巴達克山。圖位合。明史西域傳作八答黑商。

途思

案本紀。拖雷克徒思。當即途思。此爲西域孔道名城。（近時孔道已更。城市蕭索）。唐時哈里發哈侖葬墓於此。蒙古西來。發其墓。城亦被毁。元太宗時。蒙古官庫耳古思重建城。（見西域補傳）。當在巴達克山西。當思不賽因。今大典圖在東北。屬篤來帖木兒。豈葱嶺外別有途思城耶。無考。

忒耳迷

城名。俄圖音同。他國圖亦作忒耳昧特。在阿母河北。出鐵門而南。以渡阿母河。古時皆取道此城。今改於忒耳迷之西渡河。元史薛塔剌海傳。從征忽纏帖哩麻賽蘭諸國。帖哩麻即忒耳迷。云諸國者。先本小邦。時已兼併。大唐西域記。自覩貨邏國順縛芻河北。下流至咀密國。即忒耳迷。云河北。云順流。一一吻合。綱目作帖力迷。明史作迭里迷。

不花剌

國在撒麻耳干西偏南。其卽今之布哈爾無疑。元史卜哈兒。亦作蒲華。剌字收音。僅此錄與哈散訥傳凡兩見。西國地圖。布哈爾都城稱布哈拉。與此正同。明史作卜花兒。西域人云。城名甚古。唐中宗時。服屬於阿剌比人。（卽唐書之大食）。唐昭宗後。西域之薩蠻朝。（見西域上傳）。建都於此。案唐書西域傳。安者一曰布豁。又曰捕喝。元魏謂忸蜜。西瀕烏滸河。治阿濫謐城。卽康居小君長罽王故地。布豁捕喝皆布哈之異譯。阿母河出葱嶺之源。曰鄂克疏河。亦曰阿克疏河。曰瓦汗河。亦曰烏汗河。唐書烏滸。疑爲烏汗轉音。元奘西游記作縛芻河。或是鄂克疏轉音。代遠千年。音經重譯。誠難吻合。而烏滸縛芻之卽阿母。可無疑義。嘉慶年間。英人游歷著書。謂阿母河古稱嬀渾。繼稱鄂克疏斯。後稱阿母達里雅。嬀渾之稱。見西域史。徐松西域水道記卷一注。囘語謂自成之河曰達里雅。

那黑沙不

城在布哈爾之東。今爲布哈爾屬地。亦稱那克捨迫。蓋卽魏書之那識波。唐書之那色波。唐書曰。那色波亦曰小史。蓋爲史所役屬。居吐火羅故地。東阨葱嶺。西接波剌斯。（卽波斯）。南雪山。西人考波斯史云。波斯薩山朝。（漢建安五年。波斯滅而復興。王名薩山。故曰薩山朝）。奴失耳宛王在位時。（時爲梁武帝中大通三年。至陳宣帝太建十一年間）。中國可汗兵至兩河之間。（卽錫爾阿母二河。西域人稱其地曰麻賚兒俺那耳）。近那克捺迫之地。敗海脫勒汗。（考其時序。殆魏周之兵。惜乎無考）。元英宗至治元年後。蒙古稱其地曰喀兒什。由察合台後王怯別（見察合台諸王傳。西書稱葛伯克）。於其地建立宮殿。蒙古稱宮殿曰喀兒什。故亦名之爲喀兒什。（明茅元儀武備志。韃靼方言稱殿爲哈兒什各兒。當即喀兒什。哈喀通用）。

的里安

圖在不花剌柯提之間。考古時貨勒自彌南境。有城曰搭兒安。今廢。

撒麻耳干

明史謂元太祖蕩平西域。易前代國名以蒙古語。始有撒馬兒罕之名。案元史多稱尋思干。或稱薛迷思干。惟西北地附錄稱撒麻耳干。邱長春西游記作邪米思干。元祕史作薛米思堅。亦作薛米思加。耶律楚材西游錄。尋思干者。西人云肥也。以地土肥饒。故名。西人云。楚材說是也。鄰部羨其富饒。故以是稱之。若其本國自稱。則實是撒麻耳干。（干罕通用）。唐書。康者一曰薩末鞬。亦曰颯秣建。元魏謂悉萬斤。在那密水南。唐元奘西域記。亦曰颯末建國。唐言康國也。那密水似即納林河。撒馬兒罕與薩末鞬颯末建音同。著於唐書。曷嘗是蒙古語。更徵諸塔什干。塔什干即唐之石國。（詳下察赤）。唐書。石國西南五百里至康今。自塔什干至撒麻耳干。道里適合。康石二國。可以互證。徼外之地。考訂未碻。漫以譏人。明史於是乎失言矣。明史又謂撒馬兒罕即漢罽賓地。隋曰漕國。唐復名罽賓。此則未免是臆說。（近人黃楙材游歷印度。著書妄分蔌思干與撒馬爾罕爲二。謂西遼都城。一在蔌思干。一在撒馬爾罕。尤屬無稽讕語）。

忽氈

圖在察赤南。撒麻耳干東。則此城必濱錫爾河。錫爾河見一統志。納林河行至安集延北。與南之塔爾河會。始有錫爾之稱。中土載籍惟云納林。元史郭寶玉傳。次忽章河。進兵下蔌思干城。劉郁西使記。過忽牽河。邱長春西遊記。霍闡沒輦由浮橋渡。蒙古謂河曰沐漣。沒輦即沐漣。明史西域傳。沙鹿海牙西北臨大河。曰火站。架浮梁以渡。李吏部光廷漢西域圖考。謂忽章、忽牽、霍闡、火站、一音之轉。實則納林河耳。其說良是。然此數音與納林絕不相類。異名曷自。莫釋疑團。今譯西書。錫爾河濱有苦程城。孔道所經。因悟以城名爲河名。猶中國長江在京口爲京江也。西人於忽霍等音。每訛爲苦。章牽等音。又訛爲程。遂謂之苦程。俄圖音似霍鄭。較叶。（回部浩罕亦稱霍罕。西人多云柯堪。波斯之呼拉商部。西人云苦拉生。此類甚多）。耶律楚材西遊錄。云苦盞城。是華書亦有作苦字音者。元史伯顏傳。祖阿剌平忽纏有功。薛塔剌海傳。從征忽纏。徐松西域水道記。霍罕屬城有霍占。皆即元史地里志之忽氈。河以城名。諸書疑案。昭若發矇矣。西國圖籍亦稱苦程特。新唐書石國南二百里所抵俱戰提。西南五百里康也苦秣特。嘗云忽氈特。正與俱戰提音類。方向道里皆符。是又可爲唐書釋地。（同治五年。俄羅斯併之。屬錫爾達里雅省）。

痲耳亦囊

今日瑪爾噶朗。地併於俄。在費爾干省內。俄語曰瑪爾格蘭。其南又有諾威瑪爾格蘭。諾威譯義爲新。

可失哈耳

今日喀什噶爾。爲漢疏勒故地。唐書。疏勒居迦師城。迦師喀失音類。殆即此城。其見於西域書者。大食東來。侵奪其地。在唐開元年間。西域人阿黎意本阿拉育勒體耳之書。有云。可失噶爾豁旦（即和闐）。東西突而吉斯單之地。先屬喀喇契丹古兒汗。（即西遼）。成吉思汗即位之十三年。（西一千二百十八年）地皆入於蒙古。後屬察合台後王。據此。則太祖之滅屈出律及思麥里。以其首徇。各地望風皆下。必是太祖十三年事。元祕史作乞思合兒。合讀如哈。明史哈實哈兒。國朝松筠伊犁總統事略。喀什初也。噶爾創也。譯言此地乃初創也。解誤。謹案西域圖志。回語謂地爲葉爾。寬爲羌。謂各色爲喀什。磚房爲噶爾。合而言之。葉爾羌者地寬也。喀什噶爾者各色磚房也。彼地自降古以來。其名其義。未之或易。徒以阻隔輻輳。不通音問。遂至屢易文而始得其正。徐松西域水道記解同。

忽炭

卽和闐。唐書。于闐國有瞿薩旦那屈丹豁旦諸稱。西人考之。瞿薩旦那本乎梵音。爲印度人之稱。突厥人曰屈丹。波斯阿剌比人曰豁旦。案唐西域記瞿薩旦那國注云。唐言地乳。卽其俗之雅言也。俗語謂之渙那。匈奴謂之于遁。諸胡謂之豁旦。印度謂之屈丹。舊曰于闐。訛也。西人之說。與元奘微異。或別有所本。元史又作斡端。祕史作兀丹。西遊錄作五端。松筠伊犁總統事略云。回人稱漢人爲黑台。和闐卽黑台之訛。漢任尙曾棄其衆於此。故名。與元奘說異。案回人謂漢人爲黑台。蓋沿襲蒙古人契觧之稱。而訛契爲黑。和闐之稱。決非由此。遠引漢任尙事以爲傅會。嵩不敢以斯論爲然。

柯提

圖在花剌子模東南。案俄圖。離機窪城六十餘里。有柯提城。方位字音皆同。他國圖亦稱喀特。係古城。唐昭宗天復。至宋眞宗咸平年間。貨勒自彌都城在此。貨勒自彌卽花剌子模。亦卽唐書之貨利習彌國。唐書謂一曰過利。疑卽柯提轉音。

兀提剌耳

西遊錄。苦盞城西北五百里。有訛打剌城。以大典圖西圖考之。若合符節。本紀之訛荅剌斡脫羅兒。祕史之兀荅剌兒兀的剌兒。皆卽此城。尾有兒字音。元憲宗時。阿昧尼亞王海屯入朝和林。其紀程書亦作訛脫剌兒。明初跚馬帖木兒誅東犯。行至此城而卒。今城已久廢。

巴補

今俄圖。自那馬干至忽氈道中。有巴魄城。屬費爾干省。即巴補。西遊錄以苦盞八普可傘三城並稱。蓋由西南來。先過苦盞。再八普。再可傘。補普字音尤近。苦盞即忽氈。見上。可傘即柯散。見下。大典圖巴補在忽氈東。不誤。惟與麻耳亦囊位置未洽。費爾干本係古國。俄人取爲省名。非俄臆造。唐書。石東南千餘里有怖悍者。山四環之。地膏腴。多馬羊。西千里距堵利瑟那。東臨葉水。出悤嶺北源。色濁。西北流入大磧。（此即納林河。可證石國之右涯秦葉河。即此葉水）。以道里方位地利考之。即浩罕安集延等地。俄之費爾干省也。元奘西遊記作怖悍。怖音敷廢反。正與費爾干音合。唐書怖悍恐誤。當從元奘作怖。

訛跡邗

案俄圖。喀什噶爾西北約六百里。有烏自根城。他國圖作烏斯勘。（音在堅肯之間）。元史也罕的斤傳。有瓦斯堅部。似即此。耶律希亮傳。中統三年十月。自布拉城至于亦思寬之地。疑即烏斯勘之異譯。下云四年至可失哈里城。知與喀什噶爾相距非遠。西人云。回部亦稱訛耳勘。祕史。太祖命沙兒塔兀勤人馬思忽惕管不合兒薛米思堅兀籠格赤兀丹乞思合兒兀里羊等城。兀里羊疑即訛耳勘之異譯。元馳馬帖木兒後王巴里爾釋地書云。烏斯勘爲昔之費爾干會城。

倭赤

今曰烏什。漢于闐地。徐松西域水道記。烏什城據瑚赤山東南面。山係小石山。高聳孤立。回語謂山石突出爲烏赤。卽烏什也。城以山得名。元稱倭赤。甚叶。俄人稱之曰烏赤烏什。

苦叉

今曰庫車。漢龜兹地。西國輿圖譯字逕音稱苦爾叉。而稱今之伊犂亦曰苦爾叉。謹案西域圖志。固爾札在伊犂郭勒北二十里。乾隆二十七年。築循遠城。又曰。伊犂河北。舊有廟曰固爾札都綱。三層繚垣。周一里許。常噶爾丹策凌時。以五集賽更番居此。誦經膜拜。頂禮者遠近咸集。廟之閎敞。甲於漠北。阿逆之叛。廟乃燬廢。然則西圖之稱伊犂爲苦爾叉者。卽固爾札也。

柯散

圖在察赤東南。俄圖納林河與塔爾河會流處之北。爲那馬干。那馬干北六十里。有城曰喀散。喀散西北與塔什干遙遙相望。塔什干卽察赤也。烏思麥里傳有柯散。西遊錄有可傘。皆卽此。唐書。寧遠者本拔汗那。或曰鏺汗。元魏時謂破洛那。去京師八千里。居西鞬城。在眞珠河之北。有大城六。遏波之治渴塞城。高宗三年。以渴塞城爲休循州都督府。渴塞柯散音類。眞珠河或卽納林塔爾等河。（唐書。石國西南又有眞珠河。則似阿母河。見下察赤釋地）。

阿忒八失

耶律希亮傳。四年。至可失哈里城。四月。阿里不哥兵復至。希亮又從征至渾八升城。希亮母從后避暑於阿體八升山。阿忒八失城當以山得名。西人謂有阿忒八失河。今考俄圖。伊斯色克庫爾(即特穆爾圖淖爾。西人多稱亦息庫爾)。南面偏東三百里。爲阿忒八失山。山北爲阿忒八失河。北入於納林河。俄人云。河邊有古城遺跡。當即此城。兼以河山得名。大典圖在阿里麻里亦剌八里之西南。甚合。先當爲布魯特遊牧地。今屬俄七河省。

八里茫

圖在倭赤東北。無考。

察赤

即今之塔什干。唐石國。漢大宛北境。錫爾河東濱塔什干爲名城。元史紀傳皆不載。惟武宗至大元年。有薛迷思干塔剌斯塔失元三年民賦等語。塔失元即塔什干。元駙馬帖木兒後王巴卑爾著書釋地。謂塔什干爲俗稱。著作家不云塔什干。多云柘折。或云察赤。康熙四十一年。英人莫遷遊歷著書。稱塔什干曰察赤。先於莫遷遊歷者。謂塔什之義爲石。干爲城國之解。案唐書西域傳。石或曰柘支。曰柘折。曰赭時。漢大宛北鄙也。去京師九千里。南五百里康也右涯素葉河。王姓石。治柘折城。故康居小王窳匿城壩。西南有藥殺水。入中國。謂之眞珠河。亦曰質河。唐元奘西遊記。赭時國唐石國也。西臨葉河。柘支、柘折、赭時、皆與察赤音近。其爲塔什干。爲唐石國。證以圖形。確無疑義。唐書之素葉河。元奘作葉河。謂出葱嶺北原。西北而流。浩汗渾濁。汨急漂急。唐書亦謂葉水出葱嶺北原。色濁。西北流入大磧。當卽錫爾河。其云西南有藥殺水入中國。亦曰質河。案阿母河古稱質渾。繼稱鄂克疏斯。（克斯二字爲語助音不重。瀛環志略作荷薩士河。南懷仁坤輿圖作阿書河）。上遊來源有鄂克疏河。亦曰阿克疏河。與藥殺音近。質河當卽質渾河。眞珠之稱。必非西域音。葱嶺西北之水。皆出中國。無入中國者。當是唐書之誤。後魏書。悉萬斤國卽唐書康國。今之撒馬爾干。魏書於悉萬斤外。別列康國。並昭武九姓諸國。又云。者舌故康居國。者舌之名無徵。亦疑卽塔什干。卽柘支柘折赭時之異譯。

也云赤

闌在亦剌八里西。無考。劉郁西使記。有亦運河。或在此河濱。以水得名。

亦剌八里

闌在阿力麻里西南。必濱伊犂河。元憲宗時。阿昧居亞王海屯紀程書。於其西歸。先過伊闌八里克城。後渡伊拉河。伊闌伊拉皆伊犂異譯。唐書稱伊列河。西遊錄稱亦列河。八里謂城。回紇語。城以河得名。蒙古先稱城爲巴剌哈孫。（見祕史西遊記）。繼亦稱八里。則沿回紇語。（今波斯亦稱城曰巴剌）。

至明代薊門防禦考。則又云北虜謂城爲合托。（見茅元儀武備志。合讀如哈）。似是西域語。（裏海東南面有城曰烏孫哈達。哈達卽哈托）。變易方言。由於遷地。曷思麥里傳。有亦八里城。疑卽此。明史別失八里國王納黑失者罕。爲從弟歪思所弑而自立。從其部落西去。更國號曰亦力把里。續文獻通考曰。亦力把力不知何國地。（竊以私意補之曰。唐西突厥地。高宗顯慶二年。蘇定方等渡伊麗河。討阿史那賀魯平之地。隸都護府。自安西北庭淪陷。地始無考）。居沙漠間。在肅州西北二千七百里。有熱海。周數百里。俗呼亦息渴。而元名其地爲別失八里。（案此語誤。元初別失八里屬畏吾兒。在今烏魯木齊。熱海卽今特穆爾圖淖爾。見西域水道記。亦剌八里當屬阿力麻里。邱長春西遊記。至阿里馬城。鋪速滿國王來迎。知別有酋長）。明永樂十六年。歪思弑其從兄王納黑失只罕。自立爲王。從其國西去。遂更國號曰亦力把力。亦力把里、亦力把力、皆卽亦剌八里。以城名稱之。本非國號。未可爲更亦息渴。而明史作亦息渴兒。卽特穆爾圖淖爾。今各西國地圖俱稱亦息庫爾。（俄作伊斯色克庫爾。斯克爲語助音）。從其俗稱。音未差池。載於明史。由來已久。西域水道記。特穆爾圖淖爾亦曰圖斯庫爾。不云亦斯而云圖斯。恐徐氏所聞未備。

普剌

耶律希亮傳作布拉。西遊錄作不剌。劉郁西使記作孛羅。地望字音皆合。今城已廢。當在博羅塔剌河左近。南臨賽喇木淖爾。西書稱曰普拉特。稱賽喇木淖爾曰速忒庫爾。海屯紀程書云。先經普拉特城。再經速忒庫爾。憲宗時。天主教王使人路卜洛克東來。紀事云。普拉特城有台吞人。爲鎔金製器之工所。蒙哥西征旋師。挈以至此。（台吞人卽今德意志人。法人以是稱之。至今猶然。語意近乎輕藐。德人所不樂聞）。

也迷失

城名。無可徵考。惟速不台傳。平欽察軍歸路也迷里霍只部。獲馬萬餘。也迷字同。差可附會。圖在普剌東北。西人謂元史憲宗本紀及耶律希亮傳之葉密里。必卽此也迷失。地望甚合。而里失二音尙遠。葉密爾本河名。亦作額密爾。在今塔爾巴哈台。詳葉密爾考。也迷失卽未必定是葉密里城。而因河得名。解當不謬。

阿里麻里

亦作阿力麻里。察合台後王國都建此。當在今伊犂。雖遺址無徵。要非甚遠。自元史世祖本紀與西北地注二說歧異。遂致聚訟紛如。徐松西域水道記。既辨地里志阿力麻里爲海都分地之非。復考正北庭西北行四五千里至阿力麻里道里之差。世祖本紀阿力麻里在和林北方位之誤。皆精確可據。惟改阿力麻里爲阿里瑪圖。則爲千慮一失。阿里瑪圖自是河名。阿力麻里自是城名。圖有也里。當爲八里之省文。猶言城。阿里瑪阿力麻皆謂果。譯字不同。急讀之音仍無別。（此當是回紇語。若蒙古語。則果曰者泥四。梨曰阿力麻。見武備志。耶律楚材西遊錄。則云土人曰林檎曰阿里馬。尤各不同）。李吏部光廷。泥於世祖紀皇子北平王建幕於和林北野里麻里地一語。謂阿力麻里在今烏里雅蘇台。而以今伊犁之阿力麻里。援西遊錄西遊記。斷爲當作阿里馬。經世大典圖明作阿力麻里。明在庫車之北。元之別失八里。西遊錄作別石把。西遊記作鼈思馬。皆譯里字。地非同文。紀述各異。豈可望文生義。强爲區分耶。城在元初別爲一國。邱長春經此。尚有鋪速滿國王。滅於元帝何代。無考。

合剌火者

今曰哈喇和卓。元火州畏吾兒國都建此。海都篤哇之亂。亦都護火赤哈兒戰死。地陷叛藩。其子紐林。於仁宗時。領兵火州。復立畏吾兒城池。今據地里志大典圖。則泰定年間。火州復屬察合台後王。畏吾兒復失國。元史無考。明史火州又名哈剌。在柳城西七十里。土魯番東三十里。漢車師前王地。隋爲高昌國。唐太宗滅高昌。以其地爲西州。宋時回鶻居之。元名火州。與定安曲先諸衛。統號畏兀兒。永樂四年。命鴻臚丞劉帖木兒護別失八里使者歸。因齎綵幣賜其王子哈散。此王子當是元後。而非畏兀兒後

魯古塵

西域水道記。吐魯番鎮城曰廣安。唐安樂城。其東七十里爲火州。元火州治。今曰哈喇和卓。又東五十里曰魯克沁。東漢之柳中城也。魯克沁即魯古塵。明史。柳城一名魯陳。又名柳陳城。即後漢柳中地。西域長史所治。唐置柳中縣。西去火州七十里。魯陳、柳陳、尤與塵字音叶。里數較多。當以徐氏所紀爲得確數。俄圖稱魯克昌。

別失八里

元別失八里有二。一在高麗北。陶宗儀輟耕錄。高麗以北名別失八里。譯言連五城也。罪人之流奴而干者必經此。其地極寒。海自八月即冰。明年四五月方解。人行其上如平地。（當在今之琿春以北）。征東行省每歲委官至奴而干給散囚糧。須用站車。每車以四狗挽之。案元史。遼陽省有狗站。即此。回紇語。五爲別失。城爲八里。輟耕錄之說不謬。一在今烏魯木齊。漢車師後王庭。元爲北庭都護府。踵唐世舊名。地有回鶻五城。故稱別失八里。耶律鑄雙溪醉隱集庭州七絕詩注。庭州、北庭都護府也。輪臺屬焉。唐書。二年改庭州爲北庭都護府。又曰。後漢車師後王故庭。有五城。俗號五城之地。即今其俗謂之伯什巴里。蓋突厥語也。伯什華言五也。巴里華言城也。西遊錄。金山南有回鶻城。名別石把。西遊記。西至鼈思馬大城。回紇王部族勸葡萄酒。蓋元初地屬畏吾兒。海都之亂。地入叛藩。繼歸察合台後王。（詳察合台諸王補傳注）。朔方備乘謂憲宗遷合丹於別失八里。即今之喀喇沙爾。何所徵信。不得其解。

他古新

元史今本改托古沁。西人謂即托克遜。案西域水道記。今吐魯番廣安城西二十里。爲古交河城。唐之西州。貞觀時。安西都護治。自雅爾湖西南行百里爲布幹臺。又西南七十里爲托克遜臺。托克遜他古新音類。惟圖中方位在魯古塵東北。不合。伊犂總統事略。土魯番所屬卡倫有禿古斯。在土魯番東。哈密西而偏北。不當孔道。字音地望皆合。斯之變新字音亦近。意當日藩封東境至此。俄圖亦載此地名。爲闢展東北赴巴里坤經行之所。

仰吉八里

城無徵。惟阿昧尼亞王海屯紀程書有之。稱爲仰吉八里克。西往伊犂孔道所經。案西域水道記。瑪納斯東岸里許。有城堧舊基。曰陽巴勒噶遜。乾隆四十二年。於其東建南北二城。北曰康吉。南曰綏寧。後改綏來縣治。巴勒噶遜即巴剌哈孫。蒙古語謂城。回紇語則城曰八里。陽仰音近。圖位亦合。徐氏自注。陽漢人語。巴勒噶遜準語城也。向陽有城基。故名。合漢語準語爲一。解近附會。且語亦非始準部也。

古塔巴

西域水道記。準語呼圖克拜者吉祥也。今彼中之諺易曰呼圖璧。譯爲有鬼。乾隆二十九年。於其地築城田景化。（原注。昌吉縣城西一百十里）。三十八年。移寧邊巡檢駐之。胡圖克拜河出城南八十里之松山。北流出山。逕瑪納斯營卡倫西。凡北流二十五里爲渠口。疏東流渠六。西流渠六。又北流五十五里。逕景化城。北流百餘里。與羅克倫會。呼圖克拜取讀之便似古塔巴。圖位亦合。

彰八里

元史或作昌八里。或作摻八里。海屯紀程書作昌八里克。西域水道記。昌吉河發源孟克圖嶺北麓。西源並發。匯而北流。至山外分爲渠。經昌吉縣治。其城曰寧邊。乾隆二十七年建。案圖中方位。亦即在此。命名之義。問諸水濱矣。元史李進傳。至元十九年。命屯田別失八里。二十三年。海都及篤哇等領兵至洪水山。進與力戰。軍潰被擒。至摻八里。遁還至火州。摻八里卽彰八里。因知地在別失八里與合剌火者之中。

月祖伯（朮赤五世孫。元史又作月卽別、月思別。西書皆稱之曰烏思伯。今元史改本作諤思伯是也。亦稱爲思伯克。伯克卽秘史之別乞。其單稱別與伯者。省音而同義。海國圖志引外國史略云。哈薩克所有居民。各分種類。其土民稱爲他盆。與白西人風俗略同。其餘屬土耳其者。或爲土百之族類。所謂他盆卽大盆大希之異譯。指阿剌比人。見西域上傳。唐書大食之稱由此。白西卽波斯土耳其。非謂今之土耳其國。乃是突厥轉音。朔方備乘朮赤傳。月卽別一作月祖伯。自後部落遂以月祖伯爲號。案元時朮赤後王部衆。從無烏思伯之號。華書西書皆未道及。惟西人紀載蒙古事。在明武宗孝宗年間。拔都之兄倭而達後人。先本在西。秘逼而東。人稱之曰哈薩克。烏思伯克某某汗亦稱烏思伯部。外國史略所謂烏士百族類指此。非即元史之諤思伯。朔方備乘知其一未知其二也）。

撒耳柯思

元祕史。速別額台征康鄰等十一部。內有薛兒客速惕。又作薛兒格速惕。皆即撒耳柯思。祕史蒙文。思速互用。如俄羅斯作斡魯速是也。蒙文之惕。猶華語之的。此部在高喀斯山北。圖列於阿蘭阿思南。方位不謬。西域書亦稱之爲薛兒喀西亞。又稱扯耳開思。昔時阿速部人詈扯耳開思人曰喀雜克。猶云強盜。今俄南境高喀斯山北端河濱。有部衆名端司科喀薩克。俄音作喀雜克。朔方備乘等書稱爲端戈薩司者誤也。其衆善騎戰。俄之突騎悉出於此。沿襲惡名。轉成勇號。撒耳柯思先亦爲阿速屬地。今隸俄之庫邦部。俗稱仍曰扯耳開思。張穆蒙古遊牧記土爾扈特部注云。策伯克多爾濟來歸。獻金削刀。及色爾克斯馬。色爾克斯者。洪豁爾屬部也。得其馬以獻。賜名實吉騮。列御廐八駿之一。案色爾克斯即撒耳柯思。土爾扈特人稱土耳其爲控噶爾。即洪豁爾。據此考之。乾隆三十六年。撒耳柯思地尚未併於俄。

阿蘭阿思

部族名。即元史之阿速。朔方備乘以今俄南境近臨黑海之阿索富海。當元之阿速。見解極是。惜未能備。（或以今哈薩克爲阿速。誤甚）。考東羅馬書。稱阿速爲阿蘭。一曰阿蘭尼。又曰阿思。俄讀思字便成阿速。亦稱阿蘭阿思。與元史地理志同。俄羅斯人稱爲耶細。（詳奄蔡考）。其部在高喀斯山北。西濱阿索富海。阿索富城以海得名。在阿索富海黑海南北分界陸地間。城建何時不可考。阿索富海先名速嚐忒。後改阿索富。或云阿思人自以部名名之。說與何氏合。特謂海非謂城。明史云。阿速城倚山面川。川南流入海。所倚之山卽高喀斯山。所面之川卽端河。入於阿索富海。其云近天方撒馬兒罕。蓋以著名之地言之。實則東南至撒馬兒罕。西南至天方。程途皆在三千里內外。不可言近。又云有魚鹽之利。土宜耕牧。物產富。寒暄適節。皆合地形。至云敬佛畏神。好施惡鬥。考阿思先從天主教。後改天方教。自元迄明初。尙是奉天主教。所謂神佛。非釋氏之神佛。如來廣大法力。宣播宗風。從未行教及此。明人誤稱之也。元史列傳。阿速人甚多。西人考之。謂內多天主教人名。如口兒吉爲角兒只之轉音。（英國前王。有角兒只第一角兒只第二等名）。口兒吉之子的迷的兒。爲的迷忒里之轉音。捏古剌傳無氏籍。惟云在憲宗朝。與也里牙阿速三十人來歸。子爲左阿速衞千戶。則當是阿速人。捏古剌卽尼古老之轉音。（今俄君之祖名尼古老第一。俄君之世子亦名尼古老。的迷忒里。俄先代名此者亦多）。也里牙阿速爲夗里牙思之轉音。案魯申繻曰。名有五。有信。有義。有象。有假。有類。以名生爲信。以德命爲義。以類命爲象。取于物爲假。取于父爲類。蒙古命名。有義。有象。有假。而取物爲多。泰西尙類其類也。不以父。以古人。故同名最多。天方教人亦然。但聞其名。即知其國。元時諸色目人皆得入仕。西人之說或不誣也。其都城曰麻思。亦曰蔑思。一作蔑克思。太宗十年本紀。蒙哥率師圍阿速蔑怯思城。閱三月。拔之。蔑怯思即蔑克思。元阿速即漢奄蔡。詳奄蔡考。（元世祖時。弗以尼斯國人謨克波羅。入仕於元。著書云。阿速人多入軍籍。奉天主教。伯顏平宋。師至常州。城將乞降。阿速軍入城。城中蓄良醞甚多。酣飲醉臥。盡爲所殺。復閉城拒守。招降不從。攻下之。屠城。與元史伯顏傳說異。而屠城不異。史書紀述。有時不及私家著錄之真。用存其說。弗以尼斯皆爲一國。今併於義大利。弗以二字合讀）。

欽察

烏拉嶺西裏海北黑海東北之大部。祕史作乞卜察兀。今改奇卜察克。音叶。俄書稱其地曰波羅甫次。稱其種人曰波羅甫齊。他國皆稱奇卜察克。先時東羅馬國稱之曰庫滿。亦曰庫馬尼。（西人謂由庫馬河而來。故名。此河爲端河之東枝水）。元初天主教王使人濮闌喀批尼法王使人路卜洛克阿昧尼亞王海屯皆道出其地。皆稱庫滿。惟波斯地人稱爲奇卜察克。與蒙古同。西人解奇卜察克爲荒野。平地之民亦云戴世特。奇卜察克語出波斯。俄之波羅甫齊。釋義亦同。西人涉獵華書。元魏之時。烏孫西徙葱嶺。自是厥後。者不知其所之。而唐初突厥所屬之可薩部。在裏海北。即在奇卜察克之地。西書稱曰喀薩兒。亦云役於突厥。在唐中葉。又有部族自東而西。喀薩兒被逼西徙。舊時游牧地。悉屬別姓。嗣後東羅馬書遂見庫滿庫馬尼之名。因是而謂烏孫西徙爲奇卜察克。俄南境帖尼駁河。古名烏蘇河。帖尼駁河入黑海之處。曰烏蘇立姆那。猶言烏蘇海灣。當由烏孫居此。故有烏蘇之名。不惟筆之於書。且繪爲圖。以明種族遷變蹤跡。（德人著此圖。以彩色分別種類。遞遷遞變。精工之極）。俄國考古輿圖。亦於蒙古未來之先。列烏孫部於奇卜察克北境。以實元人王惲之說。而明已之並非烏孫。蓋嘗遍訪西書。考詳其說。傳疑傳信。論定爲難。元史土土哈傳。其先本武平北折連川按答罕山部族。雖山川名號無徵。而遷徙必由東土。此則較爲可信者也。（餘見土土哈傳注）。元史類編。謂欽察俗勇猛。青目赤髮。朔方備乘據以入欽察傳。今案元史初無是語。西人之考奇卜察克。亦無是語。其人從入中原。多位將相。順帝答納失里皇后。即欽察人。必無青目赤髮正位中宮之理。此傳訛者一也。元史謂欽察去中國三萬里。夏夜極短。日暫沒即出。今考拔都建牙。即在奇卜察克。舊有薩萊城。在今俄薩拉托甫省內。東距和林直線八千八百里。行程一萬二千餘里。其西境所至。不過再加二千餘里。不知三萬里之說。何自而來。奇卜察克地在赤道北四十餘度。北境至五十餘度而止。若夏夜日暫沒即出。當在赤道北六十度。已距北海不遠。必非奇卜察克。（謹案奇卜察克北境以四十八度爲限。尚不及五十度。西境以得聶普爾江爲限。距薩萊二千三百里）。耶律晉卿西遊錄。亦誤於傳述。謂可弗叉國。夏日暫沒即出。此傳訛者二也。（亦辨見拔都傳注）。元師一再西征。誅戮之餘。編爲卒伍。遂與蒙古無別。其奔馬加者（卽元史之馬札兒）。尙有四萬戶。後亦散入他國。（見拔都傳）。至於今日。地名歷歷可指。而遺黎所在。無有知之者矣。

阿羅思

今官私文書定稱爲俄羅斯。詳審西音。當云鄂而羅斯。亦曰鄂而羅西亞。鄂而二字。滾於舌尖。一氣噴薄而出。幾於有聲無詞。自來章奏紀載。曰斡羅思、鄂羅斯、厄羅斯、兀魯斯、阿羅思、直無定字。又曰羅刹羅車邏察羅沙。則沒其啓口之音。促讀斯字變爲刹察。歧異百出。有由來也。其建國在唐懿宗咸通三年。其族類曰司拉弗哀。（弗哀二字併合急讀。弗字宜如吳音讀若甫過切。瀛環志略作薩拉瓦。音不叶）。烏孫遺種。彼旣不承。亦無確據。佛書羅刹。尤屬張冠李戴。疑不於倫。其國名晚著。而族類之名則早見西書。（中國齊末爲西五百年。日耳曼人南徙羅馬故地。有司拉弗哀人自東來居日耳曼故地。見羅馬古書。烏孫通貢元魏。亦在是時。故烏孫之說。俄人不承。卽他國西人亦謂非是）。俄史釋司拉弗哀義爲榮耀。歐洲他國或釋爲傭奴。俄史又云。司拉弗哀猶言語也。古時土人以他國人言語不通。呼爲撻蔑思。（名見元史。詳拔都傳）。猶云啞子。而自稱司拉弗哀。猶謂能言者也。至今尙有此語。昔時東羅馬諸國。因其自稱。遂以名其部族。瀛環志略。謂唐以前爲西北散部。受役屬於匈奴。殆亦歐洲他國之說。唐季此種人居於俄今都森彼德普耳之南。舊都莫斯科之北。其北鄰爲瑞典挪威國。國人有柳利哥者。（志略作祿利哥）。兄弟三人。夙號雄武。侵陵他族。收撫此種人。併爲一部。是爲俄羅斯立國之始。其國名緣起。則由柳利哥舊居鄂而羅斯洛哥之地。（屬瑞典。今尚有村落）。遂以是爲國名。他西國人謂鄂而羅爲搖櫓聲。古時瑞典國人。專事鈔掠。獨舟四出。柳利克亦盜魁。故以名其居地。（古時瑞典人四出爲盜。此却不誣）。是說也。俄人所不承。柳利哥既建國。先據拉多嘎城。後徙諾物哥羅特城。（諾物哥羅特在俄今都南二百餘華里偏東）。後嗣漸拓而南遷於計掖甫。近鄰黑海。（西人考計掖甫城建於俄未立國之先。因其酋長名曰乞延。故以名城。泰西無此名稱。當是突厥烏孫之類。或作許由。朔方備乘疑因元定宗名貴由。故以名城。揣度大誤）。行封建之制。瓜分豆剖。地裂亂生。蒙古西來。橫挑大敵。元師再舉。俯首稱臣。明世蒙古衰而俄始盛。明季艾儒略職方外紀。謂亞細亞西北之盡境。有大國焉。曰莫斯哥未亞。魏源曰。卽鄂羅斯也。俞正燮議此書不知有俄羅斯。豈知外域音殊字別。況此時鄂羅斯尚未兼併西費雅之地乎。案魏氏說是也。然外紀所云。非音字之殊。乃名稱之異。俄自降藩蒙古。遷都莫斯科。泰西列邦。風氣阻隔。不以自主之國相待。故明世西人多不稱俄羅斯。但名之曰莫斯科弗哀亞耳。（弗哀讀法見上）。弗哀亞耳猶言地方。又曰莫斯科弗哀忒。則言其國之人。至今泰西猶有是稱。詞近輕忽。亦俄人所不樂聞。（志略有沒譯明。當卽由此傳訛）。南懷仁坤輿外紀。莫斯哥未亞國。其國晝短夜長。冬至日止二時。氣候極寒。室宇多用火溫。行旅爲嚴寒所侵。血脈俱凍。慕入溫室。耳鼻輒墮。自外來者。先以溫水浸其軀。俟僵體漸甦。方可入室。（案此言冬日。若在夏至前後。則幾如不夜城矣。俟寒墮耳。實有其事。己丑冬。鈞自俄返德。一隨員步行至車棧送行。甫及門。俄人見而呼曰。一入煖室。耳將墮矣。亟掬雪力搓其耳。俟血色轉。乃釋手）。又云。墨是可國有異雞。吻上有鼻如象。可伸可縮。縮僅寸餘。伸可五寸許。（案今時上海多有此種洋雞。不足異矣）。又云。墨是可國有四絕。一馬。二犀。三街衢。四相貌。墨是可卽莫斯科。直以城名爲國名矣。俄羅斯至今而極大。經世大典地圖。猶可考見當時疆圉。僅據一隅。元史地理志欽察下注。引憲宗本紀。歲丁巳。以駙馬剌眞之子乞解爲達魯花赤。鎮守斡羅思。殆謂斡羅思卽俄羅斯。案本紀上文云。出師南征。必是命乞解居守。如太祖西征。命弟斡惕赤斤居守是也。祕史蒙古文有兀魯思。解爲百姓。西人通蒙文者。解爲家業家國。義可相通。斡羅思必卽兀魯思。猶言鎮守本國百姓。憲宗時。西土藩封早定。何待朝廷遣官鎮守。殆元史之誤引也。

不里阿耳

元初分東西二部。西部在黑海西。今曰布而嘎禮。亦曰布而嘎里亞。爲土耳其屬國。西部出於東部。以歲饑移徙而爲今國。經世大典圖在欽察東北。則東部也。波斯人釋之曰布老耳。亦曰布拉耳。（案元史兀良合台傳、元祕史。皆有孛烈兒。當卽布老耳、布拉耳。又曰孛烈兒蠻。則爲孛烈兒之人。拔都西征波蘭。亦可謂卽孛烈兒。二說皆通。以不里阿耳爲近似）。其都城亦名布而噶爾。離喀山城二百五十華里。（喀山見圖理琛異域錄）。元太祖時。哲別速不台北征。兵躪其境。太宗時。拔都西伐。都城始毁。（今惟存一村落。居民每於土内掘得古器）。拔都之鄂爾多。先駐於布而噶爾。嗣建薩萊城於浮而嘎河下游。始冬夏分駐焉。拔都於布而噶爾鑄錢。今猶有存者。此部人從天方教。西之布而噶爾。則從天主教。

撒吉剌

黑海北境。海水形如蟹兩螯。左螯則黑海彎環東注。右螯則爲阿索富海。兩海通流。而中有陸地。爲之分界。其兩螯交抱間。又有陸地。縱橫各數百里。今名客勒姆。昔名撒吉剌。西域人亦稱速嘎特。其地南濱多山。北皆平壤。有撒吉剌河。發源南山。山之北有撒吉剌城。河經城中西北流。復東北入阿索富海。今俄改城名曰星福洛普耳。於是撒吉剌之名遂泯。撒吉剌爲希臘語。漢之先。希臘人於此通舟楫。利商賈。故知厥稱爲古。明史西域傳。沙哈魯在阿速西海島中。地形宛合。沙哈魯卽撒吉剌之異譯。沙哈又卽速嘎之轉音。客勒姆卽元祕史之客兒綿。有客勒姆城。故祕史注爲城名。今廢。祕史每以客兒綿乞瓦綿二城並稱。案乞瓦綿卽求綿。（音在每門之間。綿字亦非甚叶）。在烏拉嶺東。圖理琛異域錄謂之圖敏。（繆主事祐孫俄遊彙編云。星飛洛波立城。在克雷木半島薩勒磯爾河上。此卽星福洛普耳城。

克雷木即客勒姆。薩勒哦爾河即撒吉剌河。

花剌子模

地在鹹海西南。裏海以東。地名最古。中國周初波斯之火教書。已見此名。春秋時。波斯以箭頭字鐫石。亦見此名。(字形多如箭頭。作个字形。西人謂之箭頭字)。波斯語解謂地低平。唐書西域傳。貨利習彌國。為漢康居小王奥鞬城故地。即花剌子模。審定字音。當曰貨勒自彌。(初作西域補傳。所譯西書。都作柯拉色姆。繼釋西北地。乃悟即花剌子模。復詢波斯使臣。考正字音。則爲貨勒自彌。知唐書譯音。尤勝元史。今俄地圖。鹹海裏海間地。音如貨勒自彌。又知東方輿地。俄圖勝於他國圖)。元奘西城記作貨利習彌迦。多迦字。唐書謂居烏滸河陽。烏滸即阿母河。古時阿母河入裏海。河自布哈爾之南轉北行。距鹹海三百餘里。折而西注。貨利習彌在其南。故云居河之陽。惟西域記云。捕喝國又西四百餘里。至伐地國。又西南五百餘里。至貨利習彌迦國。方位不能相合。改西南爲西北。庶幾似之。元奘書例。書行者親遊踐也。書至者傳聞記也。未歷其地。但憑傳說。安必無訛。其部都城本在柯提。(見上)。後遷於烏爾鞬赤。(別有考)。唐書。貨利習彌。一曰過利。一曰火尋。疑過利即柯提轉音。火尋即烏爾鞬轉音。西人謂蒙古人稱爲烏爾坑赤。阿剌比人稱郭爾占尼牙。郭兒占即烏爾坑烏爾鞬之變音也。明洪武二十一年。帖木兒毀烏爾鞬赤城後重建。非舊址。見烏爾鞬赤考。

賽蘭

以下皆城名。元史薛塔剌海傳。稱賽蘭爲國。明史亦列西域國中。邱長春西遊記。賽藍城有回紇王。或元初爲附庸小部。後廢。西域人稱賽而拉。乃是賽蘭本音。拉施特云。搭剌斯賽而拉二處。突而克人久居於此。蓋本是西突厥故地。又云。地爲海都所轄。則是世祖成宗時。賽蘭尚未屬朮赤後王也。而海都所據之地。亦約略可見。

巴耳赤邗（沈曾植曰。此地名見英人商業沿革史圖。日本文作ボルシハ。在巴庇倫西）。

即本紀之八兒眞。元初潑闌喀批尼（句）海屯紀行之書（見上）作八兒勤。今西國藏有古錢。上有八兒勤字音。當即此城所鑄。地已湮沒無考。

氈的

三城皆西臨錫爾河。而氈的尤在下游。爲錫爾河將達鹹海之處。西書稱爲鄭忒。俄人前於鹹海設水師。錫爾河濱築礟台。距礟台三十華里。地名克耳枯特。即此城舊址。乞兒吉斯人冢墓甚多。

不賽因（別有補傳）

八哈剌音

波斯海灣內海島。地形狹長。近海灣西岸。登岸則阿剌比地也。元代何王所拓之地無考。剌音二字。宜併合兩讀。

怯失

波斯海灣島名。亦云怯夕。與八哈剌脊東西斜向相對。大與圖形兩地皆合。先爲通商大埠。唐宋時中國商船常至。忽里模子既興。怯失乃衰。今已廢。怯失未興之先。海道商賈。皆聚於昔剌甫。爲起兒漫部內境。濱海。對面卽怯失島。

八吉打

圖無。而元史書法非尋常城邑之名。蓋卽西使記所謂報達國也。憲宗本紀作八哈塔。祕史作巴黑塔。西人則稱八格達。尤與八吉打音近。亦曰八格達特。卽祕史之巴黑塔惕。天方教主哈里發所居之城。旭烈兀西來滅之。詳報達傳。不賽因後。西域旋亂。八吉打迭遭兵燹。帖木兒西征。始定於一。其後復亂。而土耳其國盛強。明嘉靖十五年。奪八吉打。天啓三年。波斯人奪回。崇禎十一年。仍爲土耳其所割。今居民不過數萬人。明史外國傳。白葛達宣德元年入貢。遭風破舟。貢物盡失。白葛達當卽八格達。明史言其國崇釋教。謬會可笑。彼時印度且多舍本尼而奉派罕矣。

孫丹尼牙

詢諸波斯使臣。謂當作蘇爾灘尼牙。有蒙古王墓在城內。蘇爾灘爲彼土帝稱。尼牙譯義爲治所。文飾其詞則云都會。在可疾云西北二百里。圖符。旭烈兀後王所建城。詳合兒班答傳。在彼時爲國都。今城猶存。僅一城名而已。

忽里模子

波斯海灣東口外島名。應在怯失東。圖無。職方外紀云。百爾西亞（即波斯）南有島曰忽魯謨斯。赤道北二十七度。地悉是鹽。否則琉黃之屬。草木不生。鳥獸絕跡。氣候極熱。絕無淡水。勺水皆從海外運至。其艱如此。因其地居三大洲之中。凡亞細亞、歐羅巴、利未亞之富商大賈。多聚此地。百貨駢集。人煙輻輳。凡海內極珍奇難致之物。往輒取之如寄。即此島也。詢之波斯人。字首當作忽爾模斯。元史音未盡叶。嚴從簡殊域周咨錄。忽魯謨斯在西南海中。東連大山。西傍海。又曰。自古里國十晝夜可至。其國傍海。地無草木。牛羊駝馬皆食海魚乾。形勢甚合。瀛環志略。謂波斯東南隅有惡末嶼。古時海舶互市於此。今已荒廢。惡末即忽爾模斯之訛。西人云。忽爾模斯名稱亦古。本爲海濱陸地城名。距岸十五華里。有小海島。先尚荒寂。蒙古西來。廛市乃盛。然元世祖時。弗以尼斯國人謨克波羅自中國航海西歸。即由此登陸。閱其著書。雖言忽爾謨斯。並未言是海島。後三十年遊歷人書。則城已移建島上。貿易駢闐。據其所言。則不賽因時。正此島肇興之日。厥後明史竟稱爲西洋大國。蕞爾海嶼。名實未符。朔方備乘謂旭烈兀建都於此。何據而言。不得其解。聞盛時有四萬餘戶。今不過三百餘戶。城亦圮。元黃溍撰海運千戶楊樞墓誌。大德五年。致用院俾以官本船浮海至西洋。遇親王合贊所遣使臣那懷等如京師。遂載之以來。那懷等朝貢事畢。請仍以君護送西還。丞相哈剌哈孫如其請。以八年發京師。十一年乃至。其登陸處云忽魯謨思。此亦可與西人之說相發明也。

可咱隆（曾植案。此地蓋即杜環經行記所稱大食之亞俱羅川）。城名。近波斯海灣。先屬法而斯部內。可當讀如喀。

殷剌子

當曰殷剌斯。先爲法而斯都城。郭侃傳、劉郁西使記、皆云有賴子國。以城名爲國名。不賽因時。法而斯已亡。

泄剌失

圖在殷剌子東。今無此城名。古亦無考。前六十年英人遊歷書云。自西而東。先經喀咱隆。再經殷剌斯。後經亥剌合。與大典圖形甚符。而字音不符。未可遽斷。

苦法

圖無。城在波斯海灣西北。哀甫拉特河西。亦古城也。其附近有歇拉城。後漢書。自安息西行至阿蠻國。從阿蠻西行至斯賓國。（阿蠻見下那哈完的。斯賓別見條支考注中）。從斯賓南行度河。西南至于羅國九百六十里安息南界極矣。自此南乘海。乃通大秦。西人考于羅即歇拉。從斯賓南行度河。即度體格力斯哀甫拉特兩河。里數合於古羅馬千步一里。

瓦夕的。

圖無。案體格力斯哀甫拉特兩河之中。南境有城曰蝸夕特。當即瓦夕的。

兀乞八剌

圖在毛夕里東南。案八格達城北百餘里。昔有城曰亦克八爾。阿剌比人考地書稱爲兀克八剌。方位字音。均與圖符。聞城已廢。而俄圖仍載之。稱爲亦克八爾。

毛夕里

本一小國。在體格力斯河西。圖符。中統三年國滅。見旭烈兀傳。俄圖音若毛夕耳。他國圖音似木蘇耳。

設里汪

圖在兀乞八剌之東。案體格力斯河東有支河曰呼耳汪。濱河有城亦曰呼耳汪。元史地名。凡有里字。多爲耳字音之變。惟呼設二音不合。而圖形甚合。或者西圖字音變其土語耶。

羅耳

本爲國名。有大羅耳、小羅耳。不賽因時。羅耳已滅。故列之城名中。今西圖稱羅里斯單。終爽而吉斯單、卯危斯單之例。惟今圖在呼耳汪東南。而大典圖在東。此有微異。然大典地圖僅志方位大概。未可拘泥求合。

乞里茫沙杭

今城猶存。亦云克里曼沙罕。克里曼沙西域故王名。當是建城之王。以王名爲城名。非古城也。自東來趨報達。此爲孔道。見報達傳。

闊巴撒耳

闊在乞里茫沙杭正東。今波斯無此地。惟裏海西南隅昔有堡。後爲城。曰倫白賽耳。爲木剌夷酋長所居。見木剌夷傳。字音相類。今波斯人皆知此城應在孫丹尼牙東。疑圖有誤。

那哈完的

當作那哈温忒。新唐書大食傳。阿沒或曰阿昧。東南距陀拔斯單十五日行。（唐書原無單字。然必係陀拔斯單。不可少單字）。南沙蘭一月行。北距海二日行。居你訶温多城。宜馬羊。俗柔寬。故大食常遊牧於此。唐書所紀都盤六國。方向程途。殊難考合。惟阿昧當即西書所載之阿昧尼亞國。尼亞與尼牙同義。其國本在裏海西南。北距海二日行。蓋言其北境。非指都城陀拔斯單。今西圖作達拔里斯單。在裏海東南隅。方向程途。不相上下。你訶温多必是那哈温忒。阿昧尼亞應在那哈温忒之北。或唐時已南徙。阿昧爲古時大部。而久已滅亡分裂。漢書安息西有阿蠻國。必卽阿昧。

亦思法杭

城爲波斯古都。亦見西域下傳。明史作亦思弗罕。

撒瓦

裏海南偏西。今城猶存。在波斯今都台哷而闌城西南一百五十里。西域補傳見此城名。

柯傷

當曰喀傷。在亦思法杭北。見西域下傳。

低廉

裏海西南濱有地名低楞。西書謂古有基闌部。低楞爲基闌部內山地。元史低廉當卽此。案唐書大食傳。有岐蘭。疑卽基闌。然云岐蘭東南二十日行得阿沒。則不相合。應在撒里牙阿模里之西。而大典圖在南。亦不合。詢之波斯人。則謂低廉必係低楞之訛。

胡瓦耳

當作海瓦耳。俄圖音同。波斯人云。亦有別稱。音類哈耳。應在阿模里南。西模娘西。圖形未合。

西模娘

當作西模囊。在海瓦耳東。微偏南。圖在胡瓦耳北。不合。此係古城。西域補傳曾見。

阿剌模忒

本係木剌夷之寨堡。北濱裏海。其東則阿模爾。今大典圖乃存阿模里西南。未合。

可疾云

今城猶存。可疾當作可斯。末一字無合音之字。不得已而以費音二字切合成音。圖中位置微有差處。

阿模里

當作阿模爾。爲馬三德蘭部內省城。直裏海正南。大典圖形尚合。

撒里牙

馬三德蘭部內城。近阿模爾。今尚存。圖形符合。爲古時達拔里斯單省城。本曰撒里末。牙字音則語尾所增。唐書。陀拔斯單或曰陀拔薩憚。其國三面阻山。北瀕小海。居婆里城。陀拔斯單卽達拔里斯單。西人考唐書。謂婆字當是娑字之誤。娑里撒里字異音同。城名亦同。西人此論。未可斥其謬妄。

塔米設

裏海東南隅城名。圖符。阿剌比語曰塔米斯。波斯語類乎塔米賽。元史作設。尚無大異。在達拔里斯單部內。

贊章

俄圖稱此城音如散贊。與元史爲近。他圖或稱生占。在可斯費香西北。與圖形符。惟孫丹尼牙在南。相距不過百里。圖乃東西分列。相距頗遠。與今西圖異位。

阿八哈耳

案今西圖。應在蘇爾灘尼牙東。微偏南。與大典圖異。城名。見西域下傳。非始於阿八哈大王也。

撒里茫

今曰蘇宜曼尼牙。猶蘇爾灘尼牙之例。蘇立曼爲天方教人之名。名此者甚多。報達之哈里發。亦有是名。何人所建。未及博考。大典圖形亦未盡合。今屬土耳其。

朱里章

大典圖形當在裏海東隅。今距裏海東隅約百里。有朱里章城遺址。阿剌比人稱爲角兒占。或又稱戈而干。本河名。自東南來入裏海。朱里章城以河得名。

的希思舟

今考西圖。當曰的喝以斯單。（喝以二字併合急讀）。元史作希由。無合音字也。大典圖位亦合。今爲俄波交界。

巴耳打阿

西域下傳有阿而倫部。在裏海西。巴耳打阿爲從前阿而倫部之都城。近苦耳河。元末明初。帖木兒西來。曾駐巴耳打阿十日。乾隆初年。其地叛亂。波斯兵討平之。城遂燬。其地尚有小村落曰巴耳佁。卽打阿之變音。今屬於俄。圖在毛夕里。不誤。特過於偏西。

打耳班

譯義爲門。蓋裏海西濱北踰高喀斯山之要道。古時波斯於此築牆。阻高喀斯山北部族來擾之路。如中國之長城。打耳班其通行之地也。今西圖曰得耳奔。特酋別由西域北征阿速欽察。卽由茲路。元史所謂繞寬田吉思海。展轉至太和嶺。卽高喀斯山也。大典圖方位甚合。

巴某

圖無。西人云。法而斯部有拔歸城。或卽巴某。案姆字當讀如吳下俗音。不讀作母。凡不同文之國文字。譯以華音。輒不能合。由字音不全也。

堵八辛

圖無。案苦喝以斯單部內有此城名。亦云堵八三。又云堵八斯。地有雙城。阿剌比人謂雙爲哀音。故曰堵八斯哀因。急讀之卽爲堵八辛。

不思忒

圖在極東南隅。蓋昔義斯單部之首城。親征錄作不昔思丹。恐有奪字。當曰不思忒昔義斯單。乃合。昔義斯單祕史作昔思田。

法因

圖無。西人云。苦喝以斯單北境有城曰喀因。亦曰法因。昔爲苦喝以斯單首城。木剌夷人據之。當卽此法因。

乃沙不耳

圖無。譯音考地。必是爲思麥耳傳之你沙不兒。本紀之匿察兀兒。親征錄之你沙兀兒。在徒思西。明史坤城傳。後有你沙兀兒。

撒剌哈歹

圖無。今波斯國中。亦無此合音之城名。不得已而摹擬以求合。曰。今波斯裏海西南。有城名雷赫歹。或卽撒剌哈歹。又裏海東南有沙黑陸特城。如誤將陸黑二字倒轉。卽是撒剌哈歹。又今西圖。你沙不兒東。梅而甫西。有撒剌克思城。實應作撒剌黑思。卽元史本紀之昔剌思。祕史蒙文部名地名。往往變易末字。如格你格思亦作格你格歹。巴達克山亦作巴惕客薛惕。以志中先後所紀城名。揣其方位。合以西圖。撒剌哈夕卽撒剌黑思。尤爲近似。

巴瓦兒的

圖無。案元史列傳。阿剌瓦而思。回鶻八瓦耳氏。太祖征西域。駐驆八瓦耳之地。阿剌瓦而思來降。所謂八瓦耳。必卽此巴瓦兒的。西人云。馬魯正西四百數十華里。有城曰阿陛費兒特。舊名巴費兒特。殆卽此城。惟太祖西征。旣渡阿母河。卽東南行以至印度河。未西至馬魯。焉有駐驆馬魯以西之事。則又恐元史列傳之誤。今地已入俄。（貝勒津譯拉施特書。作阿陛攸兒特。見本紀補證）。

麻里兀

圖在巴里黑西北。巴里黑卽本紀之班勒紇。則麻里兀必是馬魯。見於本紀。爲古時名城。後漢書。安息東界木鹿城。號爲小安息。去洛陽二萬里。木鹿卽馬魯。疆界道里皆不甚差謬。新唐書大食傳。呼羅珊木鹿人。馬魯爲呼拉商部內四大城之一。傳當云呼羅珊之木鹿人。文義乃明。今皆稱爲梅而甫。正麻里兀之變音。（貝勒津譯拉施特書作茂而甫）。

塔里干

裒海西南有城曰塔密干。印度河上游之西北。亦有山寨名塔里堪。卽本紀之塔里寒寨。今大典圖在東界。則應是塔里寒。然南之哥疾甯可不里。皆屬篤來帖木兒。不應缺此北面。波斯城寨名塔里干者頗多。

未可執一以斷。

巴里黑

圖在東界。卽本紀班勒紇。察罕傳板勒紇人。西游記作班里。缺黑字音。西游錄作班城。並缺里字音。今俄圖稱巴而黑。他國地圖或稱巴而克。明史坤城傳後亦有把力黑部。

跋

此洪文卿侍郎手稿。非乙盦先生所自著也。然據姚士達聖武親征錄跋云。元史最難考者。地理志內西北地附錄一卷。嘉興沈子培。與吳縣洪文卿。爬梳剔抉。以滿蒙西域三合音古今方言。互證參考。推縛十之四五。幷求諸俄人土耳其繙譯蒙古天方之書。篳路椎輪。札記淩雜。是洪氏屬稿時。固嘗與先生互相參訂者也。今稿中但云鈞奉使云云。(洪氏名鈞)而不著先生說。不知何故。今亦無從辨別矣。此稿宜藏於家。以貧鬻之。張爾田識。

中俄交界全圖

中俄交界全圖

俄國是圖成於光緒十年在立約定界而後西人尚游歷講輿地無一二十年不修改之圖故新勝於舊中國腹地不過得其大槩若邊外疆域道里山川沙磧則彼族躬履周歷測驗精詳雖名稱或歧譯字互異而按圖索驥不難辨方原圖寬廣僅四五幅今摹繪之展為三十五幅由於中國字體不能再收縮也原圖經度起自俄都故中國京師在其東經九十六度九分若以京師起算則圖中九十七度九分即為京師東經一度九十五度九分為京師西經一度餘可類推俄境曰斯克者名城大郡也曰斯闊甫者鎮邑也曰斯喀雅者村聚也光緒十六年四月洪鈞識

圖例

每寸合中國一百里縱橫量之皆可

北為一寸

一 二 三 四 五 六

圖中所繪各記號如◇為卡倫☆為礮台之類除京城省城及墳塋泉井等名均於原名下注明外茲不贅載其餘記號仍遵圖例一一敘列於左以歸簡易

望樓
府第
大營礮台
卡倫
界牌
禮拜寺
墳塋
祠宇
佛寺
廢基
作廠
礦廠
水泉
山口山道
海口碼頭

鐵路
驛路
大路
小路
電線
溝渠
國界
省界
縣界
河
大江大河
沙地
泥沖

圖幅過長難於展閱故橫七豎五分作三十五頁用金木水火土及一二三四五六七等字標於每頁之首以憑依圖查對分之易於挈帶合之即可為一披閱較便

金一	金二	金三	金四	金五	金六	金七
木一	木二	木三	木四	木五	木六	木七
水一	水二	水三	水四	水五	水六	水七
火一	火二	火三	火四	火五	火六	火七
土一	土二	土三	土四	土五	土六	土七

地球與磁石吸力隨地遷移故指南針所指方向亦各處稍有差數中國行船以黃海一帶為最要特附圖於披便於查閱